BENI DYA MBAXI

A ÚLTIMA MASOXI

2023

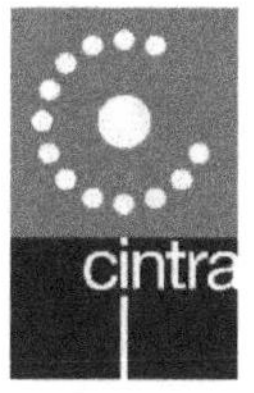

Título: A Última Masoxi
ISBN: 978-65-84851-10-8
Autor: Beni Dya Mbaxi
Design da capa: Beni Dya Mbaxi
Capa e paginação: Gonçalves Gonga
Colaboração: Henriques Sungo e JEZ

Dados Internacionais de Catalogação na Publicação (CIP)
(Câmara Brasileira do Livro, SP, Brasil)

Mbaxi, Beni Dya
A última Masoxi ; A menina da burca / Beni Dya Mbaxi. -- 1. ed. -- São Paulo : Editora Cintra, 2023.

"Obras publicadas juntas em sentido inverso".
ISBN 978-65-84851-10-8

1. Ficção angolana (Português) I. Título. II. Título: A menina da burca.

23-152117 CDD-A869.3

Índices para catálogo sistemático:

1. Ficção : Literatura angolana em português A869.3

Aline Graziele Benitez - Bibliotecária - CRB-1/3129

À minha querida avó, Maria Augusto Manuel Mabacala (Em memória). Dedico-lhe este livro por ser uma mulher muito especial na minha vida. Com ela passei os melhores momentos, felizes e tristes. Ela foi minha companheira e sempre será a minha MULHER.

PREFÁCIO

A visceralidade posta nas linhas dessa obra é um grito do silêncio. Um grito do silêncio, um grito que rasga o céu em tranquilidade e gozo, uma tranquilidade perversa, expondo almas mortas antes do corpo. A tranquilidade de quem tem por hábito o perverso e faz disso sua atividade mundana.

"A Última Masoxi" nos lembra a solidão dos que são posse em um olhar rápido ao redor. Quantas "Masoxi" são espectadoras da própria tragédia, num filme que se repete todos os dias? Por vezes, um filme que se repete algumas vezes no mesmo dia sem direito ao Stop, sem possibilidades.

"Masoxi" é a folha de uma árvore cortada violentamente caída num colo distraído. O encanto pelo acaso que esconde as dores. A fotografia de um momento, o enquadramento de um riso, a não captura do interior.

O nosso "animal" é a parte imensa de nossa própria existência. Nosso animal enjaulado, trancado preservado pelas pressões e acasos do tempo. Existe um domador para nossos "animais". Ele o chicoteia constantemente para que fique, para que ali viva, em silêncio.

Em "A Última Masoxi" os domadores estão também ao lado de fora, sorridentes domadores.

Beni Dya Mbaxi usou o termo "Masoxi" que vem de uma língua nacional angolana Kimbundu, que se remete a “lágrimas”. Pensei na lágrima como um transbordar, que sua leitura o transborde também em lágrimas, em reflexões e provocações que transborde, Transborde. Boa Leitura.

Guigo Ribeiro/ Escritor

- Hoje quero falar do meu passado. Penso que chegou a hora. – Falei perto dele.

- Se achas que estás preparada, estou aqui minha filha, disse ele.

- Estou cansada de carregar o meu passado, é um fardo que preciso partilhar.

- Fica à vontade! Jesus também carregou os nossos pecados.

- Está bem. Oiça-me, só contarei uma vez:

Tudo começou três dias após a morte da mãe, aos meus 11 anos de idade. Naquele dia, estava em casa apenas com o meu padrasto. No momento, ele estava no seu quarto. Eu, no meu canto, sentia saudades da mãe, – até agora não acredito que morreu, ela não poderia ser tão cruel! Como permitiu que o meu padrasto acabasse com ela?! Para piorar não conseguiu dizer adeus, apenas olhava para mim acabando a sua vida.

O meu padrasto estava feliz por ter ficado com uma criança de 11 anos de idade. Sabia que poderia abusar de mim a qualquer hora e ainda que gritasse, ninguém me ouviria, porque vivíamos numa zona isolada. Parecia que o resto do mundo se esqueceu de nós! Penso que a mãe e o meu padrasto fugiam de alguma coisa. Pensava sempre como o meu padrasto acabaria comigo! Falo acabar porque sempre que a mãe acabava de dormir drogada, ele vinha abusar de mim e não o suportava com o seu fedor de cigarro e álcool. Lembro-me numa quinta-feira, ela ainda estava em vida, a primeira vez que fui estrupada, era 01 hora da manhã. Ouvi os seus passos chegando perto da minha porta, fechei os meus olhos fingindo que estava dormindo, chegou perto da minha cama, sentou, o colchão arreou, tentei abrir os meus olhos devagar; ele vedou-os depressa e em seguida tapou-me a boca para não gritar e, foi assim que senti agulha no meu braço esquerdo... daí não me recordo de nada.

Quando acordei estava fraca e com muita sede. Apetecia-me beber água e fiz um esforço: levantei, meus passos estavam tremulos! Fui ao encontro da porta, ouvi gargalhadas que vinham do outro lado do corredor, estiquei meu pescoço e vi meu padrasto e a mãe beijando-se. Fiquei presa no tempo, os lábios que a mãe beijava eram os mesmos que me beijavam! Eles sorriam drogados, fechei a porta, sentei em minha cama.

Comecei a chorar sem gritos para não atrapalhar a felicidade artificial que eles viviam, mas queria estragar aquela felicidade contando tudo para ela. Mas também me custava muito acabar com aquela triste felicidade que ela vivia com seu amante. Me perguntava sempre o que ela viu de especial no meu padrasto! Para mim, ele não passava de um monstro.

Fui tomar banho de água fria para ver se refrescava o meu corpo que além da água, também escorria lágrimas. Quando terminei fui em direcção à sala, eram onze horas da manhã, foi o primeiro dia que ela não veio em meu quarto para me cumprimentar, por isso, fui à sala com intenção de vê-la depois daquelas gargalhadas que deu algumas horas atrás com o meu padrasto. Comecei a procurá-la e, encontrei-a na dispensa deitada, os seus olhos estavam todos encarnados e ao seu lado estavam uma borracha, agulhas e um frasquinho. Mãe estava drogada e sorria para mim!

- Mãe! Não estás a me ouvir?! – Gritei.

Ela não dizia nada! Apenas olhava para mim. Comecei a chorar enquanto passava a sua mão meiga na minha cabeça.

- O que é isso, mãe?! – Perguntei pegando num frasco que dentro tinha pó branco. Girei a minha cabeça em volta da dispensa: vi uma seringa, lembrei o dia anterior a picada que o meu padrasto deu-me, fiz o maior esforço da minha infância, levantei a mãe, fomos até à casa de banho; joguei água em sua cabeça para ver se a reanimasse, deixei-a no banheiro e fui buscar uma toalha para enxugar o seu corpo, mas antes retirei a sua veste, em sua barriga tinha uma tatuagem que ilustrava meu nome e do meu padrasto "Masoxi e Fábio, amores eternos". Voltei a me interrogar: «como ela amava tanto aquele maluco?!»

Depois de trocar tudo no corpo da mãe fui em seu quarto, procurei todas as drogas que ela e o meu padrasto guardavam, joguei na privada e outros que encontrei fita-coladas, cortei e joguei-as também, porque nunca mais queria ver ela naquele estado. Mas não dependia só de mim! Quando terminei de deitar todas as drogas que estavam em casa, fui terminar de cuidar da mamãe que acabou de dormir, fui para um cantinho e chorei até me cansar. Foi assim que ouvi os passos do meu padrasto, interroguei-me «quando ele souber que deitei todas as drogas?!» Só naquele momento pensei nas consequências e voltei a me interrogar «quem vai pagar? Eu ou a mãe que está a descansar?!».

Mas nas primeiras horas não notou que as suas drogas foram jogadas na privada,. a tarde escorregou com o meu medo de ser descoberta pelo pedófilo do meu padrasto.

No dia seguinte, ela apareceu no meu quarto. – Masoxi, acorda! – Disse.

Ela estava triste. Será que tinha refletido como a vida dela estava um desastre?

- Mãe, ainda é tão cedo! Para onde vamos? – Perguntei mesmo sem sabendo que horas eram.

- Vamos embora dessa casa terrível! – Disse ela. Fiquei admirada porque nunca imaginei uma resposta naquele momento vindo da mãe.

- Onde vamos? – Perguntei empolgada, estava louca para sair daquele lugar.

Vimos a porta abrir, era o meu padrasto furioso.

- Sua cabra! Onde colocaste as minhas drogas? – Disse ele.

- Me deixa em paz, seu doente!

- Vou te matar sua cabra.

- Me solta! – Voltou a dizer ela, que lutava para o meu padrasto a soltar. Ouvindo-a, tive tanta vontade de acabar com o meu padrasto e fugirmos daquela casa.

- Vou mostrar quem é o verdadeiro louco!

Tentei me aproximar para ajudar a mãe, mas o medo inundou o meu corpo, achei melhor apreciar tudo. A mãe lutava com meu padrasto para ver se conseguia se soltar, mas meu padrasto provou a sua força masculina. Arrastava a mãe, levou-a para mostrar onde estavam as drogas, mas ela não sabia nada, porque quando deitei estava a dormir.

Achei melhor me jogar nas costas dele para defender a mãe. Noutro lado eu era a culpada, mas não tive êxito na opção de salvá-la, pelo contrário aumentei a ira do meu padrasto que gritou de raiva. Sua voz ecoou por toda casa, olhou para mim, mãe aproveitou para se desfazer do seu braço correndo até a porta. Meu padrasto seguiu-a tranquilo, sabia que a porta estava fechada. Quando ele chegou perto deu um golpe, ela gritou tão alto que também fez-me gritar e choramos de tanto medo. Bateu a cabeça da mãe na parede, vi no seu nariz escorrendo sangue; agarrou-a no pescoço, ela olhava para mim e não conseguia dizer nada! Meus gritos aumentaram, ela começou a fechar seus olhos e, meu padrasto continuou a bater a cabeça dela sem piedade até ver os seus nervos minimizarem.

Quando soltou o seu pescoço , ela caiu. Seu rosto estava inundado de sangue! Meu padrasto foi em direção ao seu quarto e passou ao meu lado sem eu enxergar o seu rosto. Meu olhar estava grudado na mãe; fui em direcção de onde ela estava, gritei o mais alto possível me sentindo a culpada pela sua morte, por jogar aqueles pós na privada. Mas já era tarde para pensar naquele assunto. Não tardou meu padrasto voltou, removeu a mãe e me trancou dentro daquela casa enquanto levava-a; fui à janela de vidro para ver para onde ele estava a levá-la mas só consegui ver ela ser colocada na parte de trás do seu carro Toyota Corola de cor vermelha.

Ela parecia um animal com destino ao matadouro! Vi o Toyota Corola desaparecendo, – lembro que nesse dia passei a maior parte do tempo na janela. No final do dia, meu padrasto apareceu, fiquei com tanta vontade de perguntar onde estava ela, mas não perguntei.

No dia seguinte, acordei muito cedo com esperança de encontrar a porta aberta ou talvez ver a chave em qualquer lugar, mas não tive êxito. Fiz um plano, decidi arrombar a porta: peguei uma maceta e comecei a bater devagar para meu padrasto não perceber, mas infelizmente aconteceu o que mais temia, ele veio por trás de mim, senti um choque em minha nuca, meu corpo pequeno caiu. Meu padrasto carregou-me no ombro até ao seu quarto, – posso dizer que é aí onde começou a minha saga de tortura. Jogou-me em sua cama, bem dizer, na cama onde dormia com a mãe; esticou minhas mãos para cima, amarrou-me as mãos nas pernas para não me mover.

- Fica deste jeito, sua louca! – Disse ele.

Tinha tanta vontade de responder e dizer que ele era o único louco naquele lugar, mas não o fiz porque a minha boca estava vedada com um lenço que o meu padrasto decidiu colocar-me. Chorei desesperadamente, com vontade de ver a mãe entrar naquele quarto e me salvar daquele louco, que decidiu encostar o seu rosto perto do meu e começou a beijar-me. Mover os meus pés era a solução para tentar afastar aquele monstro de mim, mas não tive êxito.

Eu tinha apenas 11 anos de idade, e ele aparentava ter 56. Sua barba preta picava quando beijava-me. Sempre que vinha no quarto tirava as minhas roupas enquanto meus olhos negavam tudo. Já que não poderia mover-me, as minhas lágrimas falavam por mim, mas o meu padrasto não se importava com o choro de uma criança.

Ele sempre fazia o que queria e se ausentava por uns minutos, mas não demorava muito. Quando regressava vinha com uma seringa, passava as suas mãos no meu rosto, enquanto eu tentava falar alguma coisa, mas o pano que amarrou em minha boca estava tão apertado que não conseguia dizer nada, apenas chorava! Em seguida, aplicava-me injecção de drogas e eu não demorava para dormir. Quando me despertava, o quarto estava sempre escuro e percebi que quando dormia com o efeito da injecção ele abusava de mim. Naquele lugar não dava para saber que horas são e que dia era!

Os dias corriam tranquilamente, apenas queria lutar pela minha vida. Minha boca doía muito pela forma que o meu padrasto me amarrou, me senti cansada! Resolvi dormir outra vez. Passaram algumas horas, quando a clareza me despertou, o meu padrasto entrou com uma garrafa e cigarro nas mãos. Voltou a fazer-me caricias no meu corpo todo e, dentro de mim, implorava para soltar a minha boca. Pois doía muito.

As caricias me deixavam irritada. Lutava para me virar de um lado ao outro para ver se parava de me beijar, e foi assim que resolveu retirar o pano que estava em minha boca. Senti um grande alívio.

- Ai! Por favor, quero beber água. – Falei.

- Queres beber água, louquinha? – Interrogou-me ele.

Dentro de mim, falei «louco é você, que passa a vida toda se aproveitando de uma criança.» E num tom audível implorei:

- Por favor! Tenho muita sede, quero beber água. Tenha piedade de mim!

Ele me encarou, deu-me um beijo lento na minha bochecha esquerda.

- Nãooooo...! nãooooo! – Gritei.

Deu-me uma bofetada com suas mãos duras. Seus dedos eram tão grossos! Colocou-os em minha vagina, irritado comigo, voltou a tapar-me a boca, e antes de sair arreou a sua calça e urinou na minha cara.

- Aí está a água, sua louquinha.

Se afastou, fechou a sua calça e antes de sair apagou as luzes. Fiquei a chorar, sua urina e a lágrima coabitavam em meu rosto. Além da sede também estava com fome, fazia três dias que não comia nada.

O dia começou a evaporar com minha solidão e a única solução era dormir...

Quando me despertei fiquei a olhar em todos os cantos do quarto, a porta fez um pequeno barulho, era ele, veio com uma bandeja onde tinha um copo de leite e pão.

- Aqui está o seu pequeno-almoço, minha pequenina. – Disse ele.

Era estranho! Pareceu que neste dia estava bem-humorado! Não me chamou de louquinha, mas sim, pequenina. Sentou ao meu lado e desfez as cordas que estavam em minhas mãos, meus braços tiveram a liberdade que tanto almejavam. As minhas mãos estavam tão trêmulas e sem forças que não conseguiam pegar o pão.

- Então minha filhota, não quer comer? – Perguntou.

Fiquei com tanta raiva! Não por ele trazer a comida, mas por ele me chamar de filhota. Até hoje não consigo perceber como a mãe foi escolher um homem como meu padrasto.

- Ok! Já percebi. Quer que coloco o pão em sua boca. Queria dizer qualquer coisa, mas apenas fixei o seu rosto de velho maldoso. Comecei a mastigar o pão com tanta raiva, foi o primeiro dia que comi desde que o louco decidiu trancar-me naquele quarto.

- Preciso ir à casa de banho. – Falei.

- Casa de banho?! – Perguntou.

- Sim, por favor!

Ele ficou parado por uns instantes fixando o meu rosto, não tardou, quebrou o silêncio:

- Me promete que não vai fazer alguma asneira?

- Prometo.

Na verdade, aquela promessa não fazia muito sentido na minha vida, o que queria era ir à casa de banho. Foi assim que desfez as cordas das pernas. me segurou nos braços e acompanhou-me – eu era tão pequena que ele conseguia tomar-me de qualquer jeito.

- Por favor! Deixa-me entrar sozinha. – Pedi.

Ele não falou nada, apenas me olhava. Entrei: liguei o chuveiro, comecei a chorar, mas ele não ouvia os meus pequenos gritos de dor devido ao barulho do chuveiro. Tive uma ótima ideia de cortar meu pulso e acabar de uma vez por toda aquele sofrimento, mas para minha mal sorte não tinha nada cortante. O idiota do meu padrasto era tão inteligente que removeu tudo na casa de banho.

Não demorou, vi a porta a se abrir lentamente, recordo que o meu tempo esgotou.

- Por favor! Não faz isso! – Falei.

Comecei a chorar, as lágrimas representavam a dor de saber que ainda estou viva e que o plano de cometer um suicídio não deu certo. Me levou ao quarto, voltei a dormir – era única coisa que me apetecia fazer naquele quarto escuro. Os dias foram passando, meus seios começaram a crescer de uma forma estranha, era uma das coisas no meu corpo que o meu padrasto adorava quando me estuprava.

Certo dia, a minha bexiga começou a doer, comecei a gritar sem parar. Era a primeira vez que sentia aquela dor e para piorar, meu padrasto não estava em casa. Penso que naquele dia foi comprar drogas ou talvez passar o seu dia com malucos iguais. A dor acabava comigo, a última solução era mesmo dormir; assim o fiz e quando me despertei as luzes estavam acesas, achei estranho quando girei em minha volta, vi o meu padrasto.

- Então princesinha, o que foi? A bexiga está sempre a doer?! – Interrogou-me ele.

Fiquei a olhar para ele, me parecia mais jovem: cortou a barba e o cabelo, quase não o reconhecia.

- Não vais responder?

Pegou num saco pequeno de cor branca, tirou uns comprimidos e me obrigou a beber.

- Princesa, já está a ficar grandinha. Está em período de menstruação! – Disse ele.

- O que é isso?! – Perguntei.

- Um dia te explico, hoje não. Agora vou resolver um problema de dinheiro.

Voltou a sair. Desta vez esqueceu de desligar as luzes e a dor começou a minimizar. A saudade da mãe inundava o meu ser. Imagina, se estivesse ali, brigaria o tempo todo com o meu padrasto, ainda que ele vencesse a luta, mas ela não pararia até me ver livre. Voltei a dormir e as dores começaram a passar.

***

Ouvi grito vindo do corredor, despertei, fiquei tão assustada. A vontade de me soltar era prioridade.

- Não tenho dinheiro para te dar chefe! – Disse o meu padrasto com uma voz de quem estava assustado.

- Não quero saber, o que quero é meu dinheiro. – Reivindicou o tal chefe com sua voz de autoridade vindo do outro lado do celular. Deu para ouvir o que eles falavam, o meu padrasto colocou no viva voz.

- Por favor, quero pagar de outra forma.

- Como, idiota?! Se agora disseste que não tens dinheiro!

No meu canto, fiquei trémula. A minha bexiga tentou enunciar a dor outra vez.

- Vamos! – Concluiu.

Foi a última palavra que voltei a ouvir no diálogo daqueles dois doentes e bandidos. Depois de algumas horas, comecei a ouvir vozes estranhas no corredor e não era do meu padrasto, eu conhecia muito bem a voz dele., não tardou a porta abriu, entraram cinco homens com ele completou seis. Chegou perto de mim e disse trêmulo:

- Chefe, aqui está ela em bom estado, será tua para sempre.

O chefe era um homem alto de barba assustadora que vedava quase o rosto todo, e outros homens também seguiam a sua forma de aparência. Percebi que o meu padrasto pertencia aquele bando.

- O que é isso?! – Perguntou o chefe.

Ele me chamou de "isso"! Senti-me um lixo naquele dia. Mas tinha razão, naquele quarto me senti como um lixo que esperava o dia para ser despejado.

- Chefe, essa é a minha enteada, chama-se Masoxi.

Meu padrasto era tão valente na minha presença, mas na presença daqueles homens, parecia menor em relação a mim.

- Você quer que eu a leve em troca do meu precioso dinheiro? – Perguntou o chefe olhando para o meu padrasto. E começaram a rir, o chefe e os outros homens. – Estás a falar sério, idiota? – Acrescentou o chefe.

Meu padrasto ficou num silêncio e o seu chefe começou se aproximar, empurrou meu padrasto que estava ao meu lado.

- Idiota, vai para fora. – O chefe usou a sua função ordenando para meu padrasto abandonar o quarto. Fiquei trêmula e de repente, comecei a soltar lágrimas. Sei que meu padrasto era um idiota, mas queria que ele ficasse para me defender daqueles homens idosos.

Ele obedeceu o seu chefe. Achou melhor me deixar no meio daqueles homens repletos de barbas nos rostos. Enquanto ele saía, olhava ao redor do quarto, encarei o seu rosto e tentei falar. Mas o pano que estava em minha boca não me permitia dizer «por favor, não me deixa aqui com esses maldosos.» Apenas disse no coração.

- Então menina linda, como está? – Disse o chefe, passando as suas mãos grossas em mim.

Cada toque deixava-me arrepiada. Não me forcei para falar, as minhas lágrimas falavam por mim. Pensei na mãe umas mil vezes naquele instante, mas ela nem estava aí para me ajudar com aqueles monstros.

- Não vais falar nada minha linda? – Disse o chefe mais uma vez. Apenas olhei para eles que estavam ansiosos para acabarem comigo.

- O que vamos fazer? Vamos levá-la, chefe?! – Um dos homens interrogou o chefe.

- Sem pensar! Vamos fazer o que um homem deve fazer na presença de uma mulher na cama. – Respondeu-lhe.

Queria gritar com todas as minhas forças, mas o pano que estava em minha boca não me permitia. Apenas as minhas lágrimas eram as minhas companheiras daquela dor que sentia.

Os homens não perderam mais tempo e começaram a despir-me brutalmente. O chefe começou a beijar-me, retirou o pano que me sufocava e outros homens, começaram se aproveitar pelo resto do meu corpo que estava em fase de crescimento.

- Chefe, essa garota é especial em relação as outras que já abusamos. – Disse mais um dos homens.

- Sim, é melhor do que as meninas da Mutamba que esbanjam os nossos dinheiros sem prazer nenhum. – Acrescentou o chefe.

Mesmo com a boca desvendada não me apetecia gritar, apenas apertava o lençol com toda minha força e fixava os meus olhos nos rostos deles para nunca esquecê-los.

Depois de abusarem de mim até se sentirem saciados, levantaram as suas calças. Eles me pareceram necrófilos pelo jeito que estavam a me devorar, me senti uma morta.

Estavam todos suados. Acabaram de se vestir, saíram todos sorrindo e fecharam a porta. Ali sim, gritei com toda minha força sentindo-me um lixo no mundo, não servia nem para ser uma criança e muito menos mulher.

Fiquei com nojo de olhar para mim mesma só de pensar que muitos já se aproveitaram de mim. Voltei a ouvir a voz do chefe no corredor:

- Idiota, nunca mais liga para mim. Nunca mais apareça diante de mim.

Já não ouvi mais nada. O silêncio tomou conta do momento e o tempo começou a escorregar com a minha dor de ser violada por cinco homens estranhos. Neste dia esperei que o meu padrasto entrasse para dizer que o inferno era o seu lugar. Mas não aconteceu do jeito que queria, se passaram muitos dias, senão meses, ele não apareceu. Até que um dia ouvi a porta a fazer barulho, era ele entrando com passos lentos diferente dos dias anteriores, acendeu as luzes.

- Por favor, estou com náuseas. Preciso ir à casa de banho. – É a primeira coisa que lhe disse.

Aquilo foi como um acordo de Síndrome de Estocolmo, mas naquele instante não me importei se assinei ou não o acordo. O que eu mais queria era ir à casa de banho.

- O que tens? – Perguntou-me com um semblante diferente dos dias anteriores. Será que ele ficou sentido com o que aconteceu comigo, ou por eu acabar com a situação da sua dívida!

Levou-me pegando nos meus braços, estava fraca com os pés trêmulos. Chegamos na casa de banho, não conseguia chegar perto do vaso e comecei a vomitar.

- O que tens Masoxi?! – Perguntou-me.

Foi a primeira vez que o vi preocupado comigo. Estava muito fraca e não parava de vomitar. Meu padrasto decidiu dar-me banho para reanimar-me o corpo.

Depois do banho me carregou no colo, porque já não conseguia caminhar nem com sua ajuda. Pousou-me na cama e desta vez não amarrou-me, pensei mesmo que assinamos o acordo de Estocolmo. Depois daquele dia, se passaram outros dias que foram preenchidos pelas náuseas e não amarrou-me. Também não teria sentido, estava muito fraca. As náuseas não passavam e quando ele regressou trouxe consigo um aparelho de teste de gravidez.

- Por favor, Masoxi, vai à casa de banho. Deves usar isso, quero saber de alguma coisa que estou a pensar.

– Disse ele, entregando um aparelho que tinha estrutura igual a um termômetro.

Depois de me explicar como se usa, fui em direcção à casa de banho, seguiu-me e ficou na parte de fora. Quando terminei entreguei o aparelho, meu padrasto levou a mão a cabeça.

- Que merda! – Exclamou com a mão no rosto.

- O que foi? – Perguntei.

- Estás grávida.

- O quê?!

- Sim, isto mesmo que ouviste, vais ser mãe.

Parei por uns minutos no tempo. Meu Deus! Ser mãe era o que menos esperava, e para piorar não sabia quem era o pai. Ainda que soubesse de quem era o bebé, todos que abusaramme sexualmente não são homens ideais para ser o pai. Meu mundo desabou naquele dia. O que mais me custava era saber onde poderia criar o meu filho, embora fosse de um dos malditos que passaram o tempo a abusar de mim, todos pedófilos e necrófilos.

Regressei ao quarto chorando, e meu padrasto seguiu-me. Não me deu tempo suficiente para lamentar sobre minha nova realidade! Naquela altura já estava com os meus 16 anos de idade, e sabia que cedo ou tarde daria à luz a um filho que não saberia quem é o seu pai verdadeiro.

Meu padrasto não se importou com a minha gravidez, voltou a me encurralar na cama e se foi como sempre, apagou as luzes. Fiquei chorando até cair num sono profundo que me levou a um sonho onde a minha mãe apareceu com um vestido de noiva, mas muito suja e com sangue no seu rosto, chorava:

«- Minha princesa, me perdoa! – Disse ela.

- Mãe, por favor, não chores. Onde estás? – Perguntei em prantos.

- Minha filha, onde estou não podes vir agora. Tens ainda uma missão por cumprir. – Disse-me também em prantos num sonho em que tudo parecia tão real.

- Mãe, o Fábio e seus amigos loucos abusaram de mim, e agora estou grávida, vais ser avó de um neto que não sei quem é o pai.»

Depois de eu dizer a ela, sobre a gravidez, a vi se distanciando de mim. Gritei para ela várias vezes, mas não voltou e não tardou ouvi outra voz que estava tão próximo.

- Masoxi, acorda! – Disse ela.

Era uma velha que me despertou, os seus olhos eram todos encarnados; girei a minha cabeça em volta do quarto, estava confusa com o sonho! Por trás da velha estava o meu padrasto e ela estava com uns produtos em suas mãos.

- Menina, abra a boca! – Disse ela.

Me pareceu uma mulher sem pena. Me questionei «será que ela não tem uma filha?» Se tinha não a amava. Pela forma que estava a me tratar me pareceu uma mulher estéril.

Obrigou-me a beber todos os líquidos que estavam consigo. Eram tão amargos que alguns não conseguia beber e enquanto tentava engolir, ela limpava a minha testa com um trapo de cor preta.

- Já tem quantos meses? – Perguntou ela olhando para o meu padrasto.

- Meses?! Não. Ela está com apenas 6 ou 7 dias.

- Ainda bem!

Depois dela terminar de fazer o seu trabalho, sendo sincera não sabia o que realmente aquela velha foi fazer ali. E depois ter a ideia de me dar aqueles líquidos estranhos. Ela foi andando com seus passos de quem adora fazer maldade.

- Tudo vai ficar bem. – Disse ela na sua retirada. Eles fecharam a porta, mas dava para ouvir as suas vozes a partir do corredor.

- Espero que tudo dê certo! – Exclamou o meu padrasto.

- Fica descansado.

Aqueles líquidos que bebi me faziam me sentir mal. Estava sonolenta e acabei por adormecer. Passaram algumas horas e foi assim que as dores se tornaram insuportáveis.

- Aí meu Deus! Alguém para me ajudar! – Gritei.

Não demorou meu padrasto entrou depressa. Parecia que ele já estava a espera da minha reacção.

- O que foi? – Perguntou.

- Minha barriga está a doer muito.

Ele olhava para mim, parecia que estava com pena. Naqueles últimos dias não me amarrava mais. Estava solta e talvez é porque estava muito fraca, mas a dor que sentia, fez-me levantar, fui correndo até à casa de banho.

Quando cheguei, vi que na minha perna escorria sangue que vinha do meu órgão genital. Entrei em pânico! Veio logo em minha cabeça que algo de errado estava se passar com o meu filho.

- Fábioooo...! Fábioooo...! – Gritei de tanto medo.

- O que foi miúda?! – Perguntou ele na parte de fora. Entrou e encontrou-me sentada desesperadamente.

- Oh, meu Deus! Tudo deu certo.

- Não estás a ver que estou a sangrar e dizes isso? – Falei com raiva. Foi aí que percebi que estávamos mesmo com um acordo de síndrome de Estocolmo.

Ele ficou a rir com o tom de voz insuportável. – Obrigado senhor! Não estava a me ver a criar mais uma criança. – Disse ele.

- O que estás aí a dizer?!

- Sua idiota, já não há gravidez. Percebeu?

- O quê?! – Perguntei incrédula. Percebi que aquele sangue era o meu filho que estava a se despedir de mim. Apetecia-me dizer a ele que me perdoasse, tentei de tudo para te proteger, mas vivia com alguém que me matava todos os dias.

- Sim, agora levanta e vai tomar um banho, não é momento de fazer óbito.

Só tinha mesmo que obedecer as suas ordens, no banheiro tomei um banho de água fria e lágrimas bem quentes. Não conseguia perdoar-me por perder meu filho. Quando terminei de tomar banho, ele levou-me ao quarto e resolveu dar uma pequena festa, mas o ideal seria um óbito. Percebi que ele não se importava com o meu filho talvez porque ele fosse o pai.

Lembrei que a pessoa que causou o meu aborto é aquela maldita velha. Depois percebi que aqueles líquidos foram as pistolas e cada gole que dava, era uma bala para o meu filho. Minha raiva aumentou e me apetecia encontrar aquela velha e despontar cada raiva que sentia e acabar com ela. Mas ver ela morta não seria o suficiente para acabar com a raiva que sentia.

Ainda tinha a esperança de criar o meu filho, mesmo que o meu padrasto também o maltratasse. Mas quando ele se tornasse um homem, poderia enfrentá-lo e aí sairíamos livres! Gostava de acreditar naquela utopia.

***

Passei dias atrás de dias a chorar. Até que percebi que, se o meu filho ainda que estivesse ao meu lado, nunca o defenderia do meu padrasto. Depois do aborto, as coisas no meu corpo perderam as ordens de crescimentos: meus seios ficaram grandes, ganhei uma estrutura física de uma mulher que aparentava ter 20 anos de idade, mas na verdade estava com 17.

Um certo dia de tarde meu padrasto veio ébrio; normalmente, ele guarda as chaves da casa na sua cintura e sempre que marcava passos as chaves faziam barulho, mas naquele dia, aquele barulho me excitou. Almejei tanto tê-las em minhas mãos.

Ele voltou a me amarrar há dias, depois de me recuperar do aborto. Chegou perto de mim e começou a me beijar e lamber o meu corpo lentamente, as suas barbas me incomodavam; tinha uma vontade de acabar com ele. Desde que o meu padrasto acabou com o meu filho só me apetecia acabar com ele também.

Enquanto ele se aproveitava de mim, eu estava pensando em como retirar as chaves da sua cintura, sabendo que as minhas mãos estavam presas. Mas procurei jeito de me desfazer daquelas cordas que cortavam as minhas mãos dia após dia. Estava cada vez mais difícil, meu padrasto me sufocava com a sua barriga saliente; o meu corpo crescido o deixava louco.

Eu nada sentia além de raiva, mas vi a minha raiva se reduzindo quando ele decidiu soltar as minhas mãos. Achei estranho! Foi a primeira vez que decidiu soltar as minhas mãos enquanto abusava de mim.

Fui tão estratégica: achei melhor começar a fazer-lhe caricias, mas com o objetivo de retirar as chaves que estavam na cintura. e tudo foi como planeei. Tirei as chaves sem perceber. Depois achei melhor procurar alguma coisa para acabar com aquele homem que acabou com a minha vida e do meu filho. Girei o meu pescoço em minha volta, vi uma lâmpada na banca perto da cama que estava conectada a electricidade. Enquanto ele beijava-me com os olhos fechados, ainda pude sentir a sua respiração em meu pescoço, mas decidi terminar com seu fôlego quando dei-lhe com a lâmpada na sua cabeça. Ele gritou, pude ouvir bem pertinho, mas não lhe dei tanto tempo para reagir.

- Ai, sua louca! – Gritou.

Não falei muito, apenas insisti dando com a lâmpada em sua cabeça e ele rapidamente começou a sangrar. O sangue todo inundava o meu rosto que estava com espinhas de puberdade.

- Vou te matar, sua louca! – Disse ele com as mãos no meu pescoço.

A minha raiva era o melhor orgasmo para matar aquele homem que a mãe alegava ser meu padrasto. Cada gota do seu sangue que batia em meus olhos, era uma vontade enorme de acabar com ele.

Foi então que vi uma lâmpada, decidi picá-la no pescoço dele. Senti ele apertando tão forte o meu pescoço, era o último esforço da sua miserável vida que não passou de abusar uma criança de 11 anos de idade, que agora estava diante dele com 17 anos , a terminar com sua vida. No meu coração dizia «morraaaa louco!» de repente meu padrasto que soltava o meu pescoço e fechava os seus olhos, caiu em meu corpo que estava tremulo e repleto de sangue.

- Mãeeee...! mãeeee...! – Gritei de tanta raiva e ao mesmo tempo não acreditava que estava com a chave da minha liberdade e que sairia daí correndo feito um pássaro que há muito tempo estava preso numa gaiola.

Retirei o meu padrasto empurrando-o no chão, desamarrei as cordas que estavam em meus pés e senti um alívio. Limpei o sangue que estava em mim, deixei o meu padrasto despido; fechei a porta e apaguei as luzes. Era daquele jeito que ele deixava-me quando me abandonava ali encurralada.

Fui caminhando para conhecer um mundo desconhecido, porque o único mundo que conhecia era estar dentro daquela casa que viu minha mãe e o meu filho morrerem e, naquele dia, o meu padrasto. Quando cheguei na porta, lembrei que tinha que levar alguma coisa que me fazia lembrar a mãe. Fui rapidamente ao quarto, acendi as luzes e não queria olhar no meu padrasto, fui em direcção a banca, tirei uma pasta que a mãe carregava sempre que saía, peguei e fui sem cerimónia. Apenas fechei a porta.

Vi uma rua completamente diferente do dia que vi pela janela quando o meu padrasto levava a mãe no porta-bagagem. Comecei a andar com passos longos, me apetecia correr, estava com medo que alguém descobrisse que dentro da nossa casa havia um homem morto, sim, falo um homem, porque aquele nunca foi um padrasto, nem para mim e nem para ninguém – espero que ele arda no inferno.

Embora andasse com muita pressa, me apetecia olhar para nossa casa pela última vez. Mas não tinha tantos motivos para olhar, talvez pela mãe, mas só de saber que foi lá que ela morreu me sentia tão mal. Cheguei numa rua tão longa e ali decidi correr, era tão louco: o meu padrasto morto, ninguém atrás de mim, mas muitos olhando para mim.

Eles não sabiam como era tão estranho sentir o ar batendo em minha cara e areia em minhas pernas. Quase no final da rua decidi parar, coloquei a mão na minha cintura, estava suada, mas não dava para parar por ali, continuei caminhando até achar um lugar para ficar, mas minha prioridade era estar o mais longe possível da nossa casa.

Foi assim que vi uma empresa abandonada com um letreiro em letras garrafais "Congeral, Fábrica de Sabão". Fui marcando passos lentos, já eram 18 horas, estava a ficar escuro, vi como o lugar ideal para dormir, mas em sua volta tinha tantos carros encostados, várias pedras e lixo; na parte de fora dava para ver os capins e percebi logo que já não estava em funcionamento.

Fui em direcção à porta, marquei passos incrédulos com medo de encontrar mais um como meu padrasto. vi um quarto, parecia uma guarita e é para lá onde fui; o quarto estava escuro, mas aquele silêncio e a escuridão é onde queria estar para me esconder de alguém que matei há horas.

Entrei sem saber para onde iria através da escuridão, mas tropecei numa cadeira de rodas. Não minto, aquela pancada doeu. Mas me levantei, procurei a parede e fui para um cantinho. Foi ali que sentei e comecei a chorar baixinho, com medo de aparecer mais um louco na minha vida e acabar comigo.

Fiquei a pensar de quem poderia ser aquela fábrica. Enquanto ficava a me questionar quem seria o proprietário, vi uma luz a inundar onde estava.

- Quem está aí? – Ouvi uma voz, parecia de alguém adulto. Fiquei trêmula, levei o meu rosto ao joelho, não consegui responder, até a luz da lanterna chegar a mim.

- Quem és tu, menina? – Alguém perguntou-me.

Ergui a minha cabeça e vi um velho com barbas brancas diferente do meu padrasto que cortava ou pintava sempre de preto para parecer um jovem. Não consegui responder ao velho, mas se fosse para responder tão rápido o que diria?! Nem mesmo eu sabia quem era, tinha vergonha de dizer quem na verdade eu era.

- Calma, menina! Não vou te fazer mal. – Disse o velho fixando o seu olhar em mim. Mesmo assim me recusei a abrir a minha boca.

Ele acrescentou – Estás a fugir de alguém?

Acenei com a cabeça para concordar com o velho.

- Sim, estou a fugir de um monstro. – Falei com uma voz que enunciava choro.

- Um monstro?! – Perguntou espantado.

- Sim, o meu padrasto.

- Hamm...! ok...! Entendo. Agora vem aqui, minha filha.

Aquela palavra filha soou mais alto nos meus ouvidos. Fez-me lembrar o homem que deixei no chão do quarto da mãe.

- Vamos! Aqui não é lugar para dormir. – Disse o velho em pé.

Acreditei nele, me parecia alguém honesto e muito carinhoso, diferente daquele idiota do meu padrasto que estava aquela hora a arder no inferno. Enquanto caminhávamos, o velho andava de um jeito inclinado devido a idade. Apertei forte a pasta da mamãe, não queria deixar. Ouvimos uma voz tão jovem vindo do interior da Fábrica:

- O que foi velho? – Disse um jovem, parecia ser neto dele.

- Encontrei esta jovem na guarita, está fugindo do seu padrasto.

Eles não imaginavam que estavam a lidar com uma assassina amadora.

- Sério! – Admirou-se o jovem.

- Sim, mas tudo já passou. Vamos para dentro.

Caminhamos até o interior da fábrica. Vi um lugar muito grande com vários tambores, o velho e o jovem me indicaram para onde deveríamos caminhar e aquilo parecia um esconderijo. Vi o lugar onde dormiam, era um papelão para o velho e um pedaço de colchão para o jovem.

- Mbebwa, acende as outras lanternas. – Ordenou o velho.

Mbebwa assim o fez, mas mesmo acendendo todas as lanternas, não era suficiente para iluminar aquele lugar enorme.

- Prazer, sou o Mbebwa. – Disse o jovem que tinha um corpo bem constituído, aparentava ter uns 18 anos.

- Prazer, sou a Masoxi.

- Masoxi?

- Sim, por que o espanto?

- Nome estranho! – Exclamou ele sorrindo.

Apeteceu sorrir também, mas não estava com a cabeça para sorrir, ainda lembrava do meu padrasto e me questionava se alguém descobriu a sua morte. A noite foi a nossa companheira e depois da gente comer, eu e o Mbebwa ficamos a conversar a noite toda, mas me apetecia contar toda verdade. Não o fiz, não estava preparada para contar toda verdade, nem para mim mesma., uma coisa é ter a verdade dentro de ti e outra é dizer a verdade para ti.

Mbebwa estava a contar a sua rotina, mas infelizmente acabei adormecendo, o dia não foi fácil para uma assassina em liberdade.

***

O outro dia começou ensolarado, me despertei e não vi o velho e nem o Mbebwa. Fiquei preocupada, me levantei às pressas e fui para fora, foi assim que ouvi uma voz a chamar por mim.

- Masoxi... Masoxi...

Girei a minha cabeça, era o Mbebwa. Estava com um calção e uma t-shirt, aproveitei para o ver melhor, ele tinha uns lábios bonitos, braços fortes e dentes brancos diferentes do meu padrasto que tinha os dentes pretos devido o cigarro.

- Sim, bom dia! – Cumprimentei.

Mbebwa estava a alguns metros de mim a lavar um carro, me aproximei de onde estava.

- De quem é este carro? – Perguntei.

- Meu. – Respondeu sorrindo.

- Fala sério!

- De um cliente.

- Cliente?!

- Sim. Eu lavo carro, e eles me pagam por isso. – respondeu ele, lavando os pneus.

- O velho vai pedir esmola na estrada do 1º de Maio e assim seguimos a vida.

Era bom saber que eles ganhavam a vida daquele jeito tão honesto e trabalhoso. Deu para ver que eles são felizes vivendo numa fábrica abandonada.

- O velho é teu avô?

- Meu avô?! Não, é apenas um amigo. – Disse jogando água por cima do carro.

- Amigo?

- Sim, um bom amigo. Perdi a vontade de continuar a perguntar. Me deu a perceber que eles também só se conheceram naquele lugar como estávamos a nos conhecer.

Depois que o Mbebwa terminou de lavar vários carros, enquanto eu pensava que aquele era o único, fomos para um lugar muito especial. Ele considerava como uma piscina, na verdade era um tanque com água turva e é para lá que fomos. Foi um banho daqueles! Mas nunca conseguia ficar a vontade com um homem por perto devido o trauma que ganhei do meu padrasto e que já estava a sair bicho, se ninguém havia removido o seu corpo.

Mais um dia a terminar. Quando o velho chegou, trouxe alguma coisa para comermos. No dia seguinte, o Mbebwa fez o seu trabalho habitual e depois passamos o dia todo na tal piscina. Conversamos de tudo outra vez, mas não tive coragem de lhe dizer, que fui abusada muitas vezes e que perdi um filho que na verdade não sabia de quem era o pai.

No final do dia, o velho chegou, tivemos uma conversa animada até que perguntei:

- Velho, como veio parar neste lugar?

Ele fixou o seu olhar para mim, o Mbebwa coabitou com um silêncio.

- Bem, é uma coisa que não gosto muito de falar, mas para ti vou dizer. Vivi no Sambizanga – no bairro da lixeira, e vendia no mercado do Roque Santeiro. Um belo dia, quando saía do mercado, fui informado que minha família toda foi queimada por marginais, mas até hoje não consigo perceber quem fez aquilo e o porquê.

Mbebwa e eu ficamos olhando o velho que não conseguia travar as lágrimas.

- Sabes Masoxi, tinha duas filhas lindas e uma mulher maravilhosa. Mas alguém resolveu tirá-las sem dizer nada. E resolvi viver distante daquela casa que só me trazia lembranças da minha família. Decidi viver num lugar onde menos imaginam que possa viver alguém, por isso estou aqui. – Concluiu o Velho inconsolável.

Naquela noite a tristeza do velho tomou conta do lugar, enquanto eles dormiam, chorei, já estava habituada a chorar sem gritar. Pensei na minha mãe, o que ela pensaria de mim, vendo-me viver com dois homens desconhecidos. Mas foi melhor estar com o velho e o Mbebwa do que com o homem que a mamãe resolveu deixar para me cuidar.

No dia posterior a nossa rotina com Mbebwa não mudou muito. Fomos nos banhar na tal piscina como ele gostava de chamar, e no final do dia fomos para um lugar daquela rua que era conhecida como rua da Congeral; fomos numa sorveteria, foi tão romântico, mas nunca vi Mbebwa como namorado ou alguém para namorar, mas sim um irmão protector.

***

O tempo foi passando e nos tornamos uma família. Consegui pensar menos no meu padrasto, mas não conseguia esquecer o homem que todas as noites me abusava, posso dizer que fui sua escrava sexual por muito tempo, mas desde que fiquei ao lado de Mbebwa e o Velho fui percebendo que a mulher deve ser tratada com respeito e amor, nunca deixaram nenhum homem chegar perto de mim mesmo sem dizer o que havia acontecido comigo. Por isso, ainda estou aqui falando essas palavras.

Mas numas das noites, o Velho disse que a vida é o melhor ladrão que existe, te rouba a coisa mais importante da sua vida. Hoje vejo que o velho não só tinha razão, é a pura verdade. Isso vi nos seus olhos quando aqueles meliantes entraram no interior da Fábrica todos armados à minha procura; Mbebwa fez tudo para me esconder no melhor sítio da fábrica, sei que estás a se perguntar quem eram aqueles homens que vieram à minha procura. Claro, foram aqueles cinco homens! – Lembras do tal chefe?

Os homens que abusaram de mim, descobriram que o meu padrasto estava morto e vieram atrás de mim. Aquela foi a pior noite que já vivi. Ouvia a voz do velho e do Mbebwa implorando que não sabiam nada de mim, mas nem com isso saíram daí vivos. Eu estava dentro de um tambor quando ouvi o primeiro tiro que atravessou o corpo do Velho. Mbebwa gritou desesperadamente.

- Nãoooooooo!... Velhoooooooo!

Depois voltei a ouvir o outro disparo que acabou por atravessar o corpo de Mbebwa. Foi como se aquela bala tocasse também em mim, estava trémula chorando como sempre, sem gritos.

O silêncio tomou conta do lugar, fiquei quase três horas sem força de levantar e ver como estavam o Velho e o Mbebwa. Mas ganhei a minha pouca coragem e vi eles mortos bem juntinhos, me joguei no corpo deles, chorei quantas vezes foi possível e, tinha que sair daquele lugar. E assim fiz sem saber para onde iria, mas tinha que caminhar. Carreguei comigo a pasta da mamãe, nesta minha caminhada, conheci uma madre de nome Viemba, levou-me até ao convento, o lugar onde estou até hoje e, num dia desses, já aqui no convento, pedi para a madre ler a carta que encontrei na pasta da mamãe que dizia o seguinte:

«Querida filha Masoxi, antes de tudo quero pedir desculpa. Quero que saibas que te amo muito sem deixar de parte o Fábio. Mais uma vez digo-te - me perdoa! O Fábio não é teu padrasto, na verdade é teu pai. Nunca tive coragem de dizer porque ele não era o pai que queria para ti, e ele nunca te viu como uma filha, porque desde a minha gravidez menti para ele que tu não és filha dele. Mas, por favor, o respeita! Beijos da mãe.»

Quando a madre terminou de ler a carta, já imaginas como fiquei, padre?"

-Agora o padre sabe toda verdade: meu padrasto que é meu pai, matou a minha mãe e o meu filho. E eu o matei. Meu próprio pai! Fiquei sem saber quem eu sou. Meu pai abusava de mim, percebi que daria a luz ao meu irmão-filho, se assim poderia chamá-lo.

- Sim, Masoxi, agora sei a verdade. – Afirmou o padre com lágrimas brincando no canto dos olhos.

- Obrigado pela atenção. – Conclui. Levantei e segui o meu caminho.

GLOSSÁRIO

Roque Santeiro - Foi uns dos maiores mercados de Luanda, estava localizado no município do Sambizanga.

Ombembwa - Uma expressão em língua nacional Umbundu para dizer **paz**.

Masoxi - Uma expressão em língua Nacional Kimbundu para dizer **lágrimas**.

Sambizanga - Uns dos municípios da Província de Luanda, a capital de Angola.

Mutamba - É uma zona baixa da cidade de Luanda.

Congeral - É nome de uma fábrica de sabão que está localizada no município do Cazenga e Viana.

Viemba - Uma expressão em língua nacional Umbundu para dizer **medicamento**.

BENI DYA MBAXI
A
MENINA DA BURCA
UMA HISTÓRIA EMOCIONANTE DE DUAS MULHERES CORAJOSAS
cintra

BENI DYA MBAXI

A MENINA DA BURCA

2023

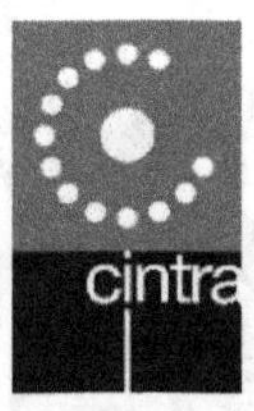

Título: A Menina da Burca
ISBN: 978-65-84851-10-8
Autor: Beni Dya Mbaxi
ISBN: 978-65-84851-10-8
Design da capa: Beni Dya Mbaxi

Dados Internacionais de Catalogação na Publicação (CIP)
(Câmara Brasileira do Livro, SP, Brasil)

Mbaxi, Beni Dya
A última Masoxi ; A menina da burca / Beni Dya Mbaxi. -- 1. ed. -- São Paulo : Editora Cintra, 2023.

"Obras publicadas juntas em sentido inverso".
ISBN 978-65-84851-10-8

1. Ficção angolana (Português) I. Título. II. Título: A menina da burca.

23-152117 CDD-A869.3

Índices para catálogo sistemático:

1. Ficção : Literatura angolana em português A869.3

Aline Graziele Benitez - Bibliotecária - CRB-1/3129

Os gritos vieram de todos os lados e o vento fez com que o povo inalasse o cheiro das balas perdidas no interior do país. No meio daquela confusão, Angola, um país que na altura enfrentava uma guerra civil, depois de ter ganho o divórcio da guerra colonial.

A menina Jordin nasceu num dos musseques de Luanda, onde a maior parte dos rapazes foram forçados a ir à guerra e os pais de Jordin, idosos, nada mais tinham para a proteger, ela com apenas dez anos, ouviu sempre os gritos dos seus vizinhos levados a força pelos militares, muitos deles bem constituídos nas suas fisionomias, aquele ato era conhecido como rusga, as mães doaram lágrimas no momento do adeus aos seus filhos, muitas não viram o regresso e nem notícias ouviram sobre eles e daí arrancavam os carros que deixavam silêncio nos musseques.

Os pais de Jordin já não suportavam as dificuldades que o país enfrentara, eram agricultores da era colonial e depois da independência, resolveram viver na capital, Luanda, Jordin era a única filha do casal.

Depois da guerra, o país perdeu algumas instituições construídas pelos colonos, e para o azar de Jordin que era apenas uma menininha, os seus pais estavam doentes e o país não tinha condições suficientes para recuperá-los e não durou tanto tempo, os seus pais morreram.

Seguia o tempo, e numa tarde de alegria, as cadeias de comunicações acabavam de espalhar que morreu o líder de um grupo que fazia parte da guerra civil, os guerrilheiros do partido oposto, que na sua maioria encontravam-se em Luanda, a capital do país, e outros espalhados noutras zonas, celebraram a notícia, e Jordin viu os seus vizinhos em gritos e abraços, a paz chegara para limpar as lágrimas daquelas senhoras que, na sua maioria, eram quitandeiras das primeiras praças da cidade de Luanda.

A paz obrigara, o país a reestruturar quase tudo, que a guerra destruíra e os sorrisos dos angolanos fizeram com que o tempo passasse depressa, Jordin já não tinha mais os seus pais, mas o governo optou pelo sistema de criações de alguns orfanatos para acolher meninos órfãos, que os pais morreram na guerra, o objetivo dos orfanatos foi doar a paz à vida daqueles meninos, e Jordin não escapou da saga, foi levada para um dos orfanatos, que estava localizado na baixa de Luanda. O orfanato era liderado por missionários europeus.

O orfanato para onde foi levada, era um lugar grande, tinha uma capela e a maior parte dos ensinamentos eram religiosos, tinha muitas regras, os rapazes eram proibidos de dormir no mesmo quarto que as raparigas.

A madre superiora, a madre Madalena, junto do padre Marcelo, eram médicos de profissão, eles ajudavam todas as crianças que se encontravam doentes, morreu muita gente naquela época, porque a medicina não era tão eficaz devido a guerra civil que o país atravessara, muitos dos intelectuais do país, encontravam-se no exterior, e com o passar dos tempos, almejavam o regresso deles para reconstrução de uma nova nação, desta vez, sem guerra.

Jordin tinha uma amiga, considerava como irmã, chamou-se Maria, sofria de problemas respiratórios, mas o padre Marcelo tudo fazia para cuidá-la, tinha apenas dez anos de idade, semelhante a Jordin, elas dividiam o dormitório com mais cinco meninas, amavam-se muito, adoravam caminhar à ilha de Luanda junto das madres, adoravam sentir o barulho da água quando batia na areia e quando isso acontecia, corriam para colocar o pé com o objetivo de sentir a água, enquanto os rapazes do orfanato não tinham outras alternativas, estavam acostumados com os dogmas, mas havia entre eles um rapaz muito inteligente e atrevido, chamava-se Jack, era o menino que seguia sempre o padre Marcelo para aprender a doutrina de como se tornar um padre, encantou-se com o ser tão manso e compreensivo do padre, que adorava fazer ronda noturna para contar os acontecimentos e algumas estórias europeias.

As tais histórias carregavam algumas lições de vida, Jack gostava de dizer para os outros meninos que iria ser um homem temente a Deus e os outros almejavam diferente e sonhavam fazer parte das histórias que ouviam do padre Marcelo, mas Jack sempre os questionava e não sabiam como lhe responder, além de ser um menino muito inteligente, era também muito duvidoso, não discordou com a famosa reflexão filosófica que diz que "A dúvida é o princípio da sabedoria".

Certo dia, ele e os seus companheiros caminhavam no pátio e olhavam para as meninas que ficavam do outro lado do pátio, apenas apreciavam com olhares atentos que atravessavam os arames, que evitavam a passagem para o outro lado.

Meninos com idades compreendidas entre dez aos doze anos, por isso, era normal sentir vontade de brincar e partilhar ideia com outras crianças, mas a instituição não permitia. Portanto, acabavam por apreciar a Jordin e as suas companheiras através dos arames, que impediam a passagem. O orfanato era um lugar muito grande com campos para práticas de desporto e tinha lá um posto médico, liderada pelo doutor João, o outro médico do orfanato.

E assim corria o tempo, a história continuava a nortear as cabeças dos meninos, e as meninas continuavam com as saídas em torno da cidade, que já começara a se aparentar mais linda, diferente das últimas vezes. As meninas cresciam rapidamente, Jordin e a sua amiga Maria passavam o maior tempo na capela, foram persuadidas pelas éticas das madres, e queriam ser como a madre Madalena e quando saíam da capela, adoravam contemplar a ilha de Luanda e aproveitavam também para levar os trajos que costuravam para as crianças dos outros orfanatos.

Jack com os seus companheiros continuavam com o sonho de um dia sair daquele lugar e chegar próximo de uma mulher e construir a sua própria família e ainda havia outros mais ousados que sonhavam sair do país para conhecer Europa, Américas e Ásia, que muito o padre Marcelo falara, mas aqueles desejos existiam, porque sabiam que quando completassem dezoito anos, teriam que deixar o orfanato e seguiriam as suas vidas, diferente das raparigas que almejavam ficar naquele lugar para substituir a madre Madalena, mas era impossível, porque era obrigação de deixar também lugar para outras crianças órfãos.

***

Aquele orfanato, um lugar repleto de alegria e de muita fé, um certo dia, no quarto de Jordin, foi colocado o teste de fé, Maria como sempre tivera problema respiratório, mas naquele dia foi muito prolongado e deixou suas companheiras muito preocupadas.

— Não consigo respirar! — Falou Maria bem baixinho.

Jordin estava ao seu lado tentando abanar sua amiga com uma folha de caderno para ver se a reanimava.

— Maria, Mariaaaaa... — Gritou Jordin.

As outras que estavam num sono profundo, começaram a despertar-se.

— O que se passa, Jordin? — Perguntou uma das suas companheiras com ar de preocupação.

— Acho que a Maria está a perder o ar novamente. — Falou Jordin limpando as lágrimas.

— Vou chamar a Madre superiora. — Falou a jovem que usava tranças de linhas.

O pânico vestiu outra vez o quarto daquelas jovens que acabavam de fazer dezoito anos, viu-se rio nos seus olhos com o medo de perder sua companheira, a jovem que estava de tranças de linhas que dormia perto da porta, foi à busca da Madre superiora, Jordin e as outras continuavam a comandar o abano para doar ar para sua querida companheira, e foram passando alguns minutos, a noite estava fria e a lua era metade como a jovem que foi chamar a Madre superiora.

— Madre, madreeee, por favor, precisamos de ajuda. — Gritou a jovem das tranças de linhas. A madre ouviu os gritos, abriu a porta.

— O que foi menina? — Perguntou ébria de sono.

A jovem das carapinhas duras explicou tudo, ambas foram correndo para o quarto, encontraram um grito de silêncio, olhando a situação, a madre por pouco chegou a acreditar que desta vez a jovem Maria acabara de morrer, mas ainda estava respirando, a madre voltou de onde veio, a preocupação a vestiu, e por um minuto perdeu a fé, foi correndo no outro lado do orfanato onde dormia o padre Marcelo e o doutor João que sempre ajudara a Maria nas suas recaídas.

— Padre Marcelooo. — Gritou Madre Madalena.

O padre Marcelo ouvindo os gritos da Madre, despertou-se e foi ter com ela que acabara de explicar tudo, chegaram no quarto onde estava Maria, encontraram as jovens com os olhos inundados de lágrimas, o padre ficou intimidado com a situação, levou as mãos à cabeça, viu Maria rodeada das suas companheiras, os passos do padre ficaram trêmulos, pegou-a, levou-a quase correndo em direção ao centro médico, que ficava ao lado da capela e do campo desportivo.

— Doutor João, doutor Joãooo. — Gritou o padre Marcelo com a Maria ao seu colo e por trás estava a madre preocupada, não tardou o doutor João abriu a porta com o rosto vestido de sono, ficou admirado quando encarou a realidade.

— O que foi? — Perguntou.

Padre Marcelo não deu o privilégio de explicar, entrou com a Maria que já não era aquela menina de dez anos, já estava adulta, faltava-lhe poucos meses e dias para deixar o orfanato.

— Deita ela aqui, vamos dar os primeiros socorros! — Ordenou o doutor João preocupado, era a primeira vez que viu a Maria naquele estado, porque nas últimas vezes foram apenas recaídas normais, mas aquela pareceu complicada para o velho médico, o experiente na área.

A madre Madalena estava tão preocupada e os seus olhos encarnados enunciavam lágrimas, ficou arrumando o lençol onde estava deitada a jovem Maria.

— Doutor João, Maria vai ficar bem? — Perguntou olhando para o médico, que estava aplicando o balão de soro, embora, a madre também fosse médica, junto do padre Marcelo, mas o velho médico João era o mais experiente na área.

— Madre, não sei como explicar-te, desde que cheguei é a primeira vez que a vejo neste estado, mas vamos ter fé, aplicarei soro para ver se recupera e tentarei colocar também o oxigénio.

— Espero que funcione, doutor, não me vejo a perder esta menina com um coração tão bondoso. —

Falou com as mãos coladas no terço que estava no seu pescoço.

— Se até amanhã não reagir, é melhor levarmos ao hospital Maria Pia. — Sugeriu o padre Marcelo.

— Sim, é melhor amanhã, mas durante esta noite, tudo farei com a ajuda do nosso senhor Jesus Cristo. — Esperançou doutor João.

Acenou com a cabeça à madre superiora que continuara com as mãos no terço, padre Marcelo e a madre decidiram deixar o doutor João cuidar da jovem Maria que continuara com os olhos fechados, apenas respirava bem devagarinho, quando o padre e a madre abriram a porta, viram as jovens com olhares de preocupações.

— Então, Madre Superiora, como está a Maria? — Perguntou Jordin com um olhar repleto de lágrimas, suspirou a madre, não queria dizer a verdade para as meninas para não as preocupar, sabia que a sua amiga estava pior que da última vez que deu recaída.

— Fiquem calmas, meninas! Tudo está nas mãos do nosso senhor Jesus Cristo e do doutor João, que tudo farão para deixá-la melhor. — Falou a madre acariciando as cabeças das meninas, embora aquelas carícias não as acalmassem, erma necessárias.

— Meninas, por favor, voltem para o vosso quarto, amanhã é dia de aulas, vocês precisam descansar. — Falou o padre Marcelo que estava ao lado apreciando tudo.

As meninas foram com ânimos baixos, porque aquilo que acontecera com a Maria as deixou muito preocupadas, a madre e o padre seguiram o mesmo caminho, a noite era linda para se ter um maravilhoso sono, mas era indiferente para a jovem Jordin que passara uma parte da noite olhando pela janela em direção à porta do centro médico, mas não conseguiu ficar a noite toda acordada, o sono resolveu levá-la.

Foi assim que o doutor João despertou-se para ver como estava Maria, percebeu que a jovem parou de respirar, ficou apavorado com a situação, abriu a primeira gaveta, apenas viu algumas seringas e agulhas, fechou, e na outra, viu luvas, fechou e a terceira estava vazia, a sua preocupação aumentara, levou as mãos à cara, não estava a acreditar no que lhe estava acontecendo, sabia que a jovem necessitava de um atendimento urgente, girava a sua cabeça de um lado ao outro, viu a chave do carro da ambulância, pegou apressadamente, meteu no bolso e arranjou uma maneira de levar a jovem Maria e resolveu chamar o padre Marcelo e a madre Madalena, ambos chegaram a tempo e seguia o carro com o silêncio das estradas da cidade de Luanda.

Eram três horas da madrugada, foram em destino ao hospital Maria Pia e foram recebidos no banco de urgência, mas a triste notícia não demorou para chegar aos homens da fé.

A jovem Maria morreu — Infelizmente a menina chegou já sem vida, lamentamos informar! — Falou o médico que os atendeu.

O mundo desmoronou para a madre Madalena, que não conseguiu conter as lágrimas, o padre Marcelo e o doutor João não acreditaram no que outro doutor dissera, mas sabiam que nada mais poderia se fazer, se não acreditar na triste realidade, mas o doutor João continuava céptico, aproximou-se do outro doutor.

— Doutor, por favor, diz-me! Será que errei nos primeiros socorros?

— Não, isso no mundo da medicina acontece, ela teve uma parada respiratória, necessitava de alguns aparelhos de oxigénio. — Respondeu o doutor do hospital Maria Pia.

O padre Marcelo sabia que desta vida, ninguém sai vivo. Depois de resolver tudo acerca da integração da jovem Maria a morgue, o dia começara com o brilho do sol que ajudara para ilustrar a perda da jovem Maria, a menina meiga que orfanato viu chegar, a melhor amiga de Jordin, morreu.

A madre Madalena não tinha mais nada para fazer naquele lugar, se não regressar ao orfanato, o carro da ambulância caminhava lento como se soubesse o que se passava no outro mundo, chegaram no orfanato, os semblantes falavam tudo.

— O que foi Madre? Onde está a Maria? — Perguntou Jordin.

Eles não conseguiam dizer, apenas doavam olhares tristes.

— Por favor, Madre, responde! Onde está a Maria? — Gritou Jordin.

— Calma, Jordin! — Falou o padre Marcelo.

Ela não conseguia entender o porquê do padre pedir a sua tranquilidade, foi assim que girou a sua cabeça, e viu os olhos da Madre escorrendo lágrimas que percebeu que a sua amiga acabara de morrer, sem ainda ouvir as palavras saindo da boca da madre, deduziu e gritou: — Não, Não, Maria, Mariaaaaa...

Jordin desesperada, largou o padre e começou a girar em volta do carro da ambulância e olhou nos vidros, viu a maca vazia, sentou triste e chorava inconsolavelmente, cada grito chocava o coração da madre superiora, que marcava passos lentos ao encontro de Jordin, o orfanato ouvira os gritos, outros meninos começaram a sair das salas para participar das canções de tristezas protagonizadas pela jovem Jordin, os rapazes do orfanato apenas apreciavam tudo através dos arames que separavam os lados.

***

Os tempos no orfanato foram arrastados pelo luto, as semanas foram negras, as meninas estavam tristes depois do enterro da jovem Maria, o mundo de Jordin perdeu as suas pétalas que davam brilhos ao seu jardim, onde nenhuma borboleta queria pousar, tornou-se uma jovem muito solitária, passara o tempo a ler e faltava poucos dias para deixar o orfanato, já estava com dezoito anos, estava preparada para enfrentar uma nova realidade, mas o seu peito estava marcado de saudades de sua querida amiga que adorava chamá-la de irmã.

Depois de passar três dias, faltava um dia para os meninos deixarem o orfanato, Jordin foi na capela que ficara ao lado do centro do orfanato, a capela era grande, tinha os bancos de madeiras, a parede pintada toda de branco e tinha uma cruz grande de madeira pintada de cor preta, é para lá onde Jordin olhava fixamente e do seu olho esquerdo escorria uma lágrima, lembrou a primeira vez que entrou na capela acompanhada de sua amiga.

— Jordin, a capela é muito linda! — Disse Maria encantada. — Sim, por isso, que o nosso senhor Jesus Cristo ouve tudo o que dissemos aqui. - Respondeu Jordin.

Sorriu a Maria... — Não é isso! Já esqueceste o que a madre disse ontem no culto, Jesus consegue ouvir-nos de todos os lugares, mas o que deve ser lindo são os nossos corações e não o lugar que estamos. — Respondeu Maria.

— É verdade. — Respondeu Jordin.

Jordin lembrou os velhos tempos, mas infelizmente voltou a realidade e percebeu que estava vestida de solidão e tristeza, chorava inconsolável, sabia que era o último dia para olhar para aquele lugar que a viu crescer, a capela era o lugar que amava estar com a sua amiga Maria que não fazia mais parte do mundo dos vivos.

No orfanato, o jovem conhecido por todos como Jack também estava a despedir-se da capela e nos seus pedidos, pediu para que Deus o ajudasse na sua nova etapa de vida, enquanto olhava para a cruz grande de cor preta, lembrou quando entrou naquele lugar, as lembranças fizeram dos seus olhos escorrerem lágrimas. Passados alguns minutos, teve que se retirar daquele lugar, sabia que mais tarde teria o jantar de despedida, marcava passos firmes como dos homens que enfrentam uma batalha, foi assim que viu a Jordin ajoelhada de cabeça baixa.

— Oi, tudo bem contigo? — Perguntou.

Jordin ergueu a cabeça, viu um rapaz com tom de pele clara, parecia descendente de europeus, seus olhos eram castanhos e cabelo meio cacheado, seus amigos do orfanato o chamavam de mulato.

— Sim, estou bem! — Respondeu limpando suas lágrimas.

Jack percebeu que Jordin fingia estar bem para não o preocupar, resolveu deixá-la, lembrou que era amiga de Maria, a jovem que morreu alguns dias antes, sabia o quanto é difícil perder alguém que amamos.

Chegou a hora da festa de despedida, estavam todos sentados na sala principal do orfanato, a mesa estava recheada de comidas típicas do país e também de gastronomia europeia, era uma noite repleta de paz e harmonia, todos sorriam, abraçavam-se uns aos outros, a madre Madalena e o padre Marcelo estavam com os olhos inundados de alegria, não acreditavam que aqueles jovens que entraram naquele lugar recém-nascidos e outros menininhos, agora todos estão grandinhos e tornaram-se homens e mulheres, já não podem dizer o que fazer, sabiam que quando o sol nascer, eles vão fazer o que lhes convém.

A noite estava maravilhosa para quem no dia seguinte viveria outra realidade, Jordin estava com um vestido de cor violeta que ganhou de uma visitante, segundo a senhora foi o vestido de seu casamento, tinha um brilho incrível quando as luzes batiam nela.

Jordin não parava de olhar para o Jack, que estava conversando com outros jovens e sorrindo com os seus amigos, era a terceira vez que estava perto de um homem, chegou a imaginar que a noite seria maravilhosa, se a sua amiga tivesse por perto para dizer o que sentia, se era apenas uma admiração ou na verdade estava a gostar do Jack, mas infelizmente não poderia dizer, tinha apenas que ficar com os seus pensamentos, a noite estava dançante com algumas músicas clássicas.

Os jovens divertiam-se sem parar e outros aproveitavam para se conhecerem melhor, diferente de Jordin, que estava sentada sem vontade de dançar, apenas queria apreciar tudo que passava naquela sala grande, que tinha quadros com imagens de alguns missionários europeus. As músicas se responsabilizaram de levar o tempo, no dia seguinte, mais um sol nasceu, Jordin estava no portão do orfanato com a sua mala pronta para o seu novo destino e os outros jovens seguiam os mesmos caminhos, o orfanato recebeu novos meninos.

***

Jordin arrendou uma casa num dos bairros do Sambizanga, conseguiu alguns valores com as vendas que faziam nas feiras realizadas na cidade de Luanda, também vendia alguns tecidos bordados e alguns quadros pintados, ela aprendera muitas coisas no orfanato, que lhe possibilitou ganhar alguns kwanzas. Os tempos corriam com a saudade que sentia da sua amiga Maria, sonhava sempre com ela. O seu novo lugar, era um bairro muito calmo, Jordin procurava sempre tempo de ir caminhar à ilha de Luanda e cada dia notava que a cidade mudara com as novas construções e numa dessas suas caminhadas, encontrara o Jack, o rapaz que viu no orfanato, estava sentado olhando para o mar sem desviar o olhar, foi assim que Jordin o despertou.

— Oi, tudo bem? — Falou Jordin.

Jack ergueu a cabeça, viu em sua frente uma jovem linda com um tom de pele, que parecia café com leite que bebia todas as manhãs no orfanato.

— Sim, estou bem e melhor que a vejo! — Respondeu.

— Lembras de mim? — Claro que lembro, és uma das raparigas do orfanato, não és? — Perguntou Jack com um sorriso no rosto.

— Sim. — Respondeu Jordin com um sorriso de alívio, pensou que o Jack já se esquecera dela.

— Então, agora, já podemos falar com as mulheres e vocês com os homens, senão, a estas horas, cumpriríamos uns castigos! — Falou sorrindo e em seguida convidou-a para se sentar ao seu lado.

— Então, podes dizer o seu nome?

— Claro, prazer, sou o Joaquim, mas gosto quando sou chamado de Jack.

— Uau! Olha que a letra inicial do meu nome é J. — Disse Jordin com um tom alegre como as ondas do mar que estavam a apreciar a conversa.

— Sério? Deixa ver se acerto o seu nome... teu nome é Janeth?

— Estavas quase! — Chamo-me Joana, mas adoro quando sou chamada de Jordin.

— Ok! — Respondeu Jack.

O dia estava ensolarado, os carros passavam em velocidade como as conversas que Jordin e Jack tiveram, acabaram por combinar, foram um, dois, três e vários encontros, Jack vivia também no Sambizanga, no bairro operário.

Jordin começara a sentir-se melhor com as companhias constantes de Jack que numa noite aproveitou para pedi-la em namoro, ela não sabia o que dizer, porque estava loucamente apaixonada por ele, os olhos castanhos de Jack e a clareza da sua pele fez com que ela ficava ébria de amor e aceitasse o pedido.

Naquela noite, o céu estava repleto de estrelas, ambos foram para um lugar isolado, onde os ecos das vozes eram apenas deles para que ouvissem as palavras belas em dobro. Com a companhia de Jack ela ficou mais forte, porque Jordin foi viver em casa do seu amado, embora sentisse sempre saudades de sua amiga Maria.

***

O tempo seguia com o arder do sol que fizera em Luanda, e o país continuava com as construções para consertar o que a guerra civil provocara e os rostos dos angolanos mudou, diferente do tempo que Jordin vivia com sua mãe, quando o hino das mulheres angolanas era clamarem pela vinda dos seus filhos que eram levados para guerra. Certo dia, Jordin e o Jack foram fazer uma visita num dos hospitais da cidade de Luanda, carregaram alimentos e algumas roupas que compraram no mercado do São Paulo que ficava perto de sua residência.

Chegando nos hospitais, viram situações que mexeram com eles, encontraram alguns doentes abandonados pelos familiares e outros à beira da morte, Jack aproveitava para contar histórias para algumas crianças que choravam de tanta dor e a Jordin conversava com algumas idosas que foram abandonadas pelos próprios filhos e familiares.

O hospital não tinha tantos profissionais para suportarem os inúmeros doentes encontrados, na verdade, eram muitos para o número reduzido de médicos que encontraram, cada rosto triste que a Jordin viu, lembrou sua amiga Maria quando passava mal nas noites do orfanato, não conseguia conter as lágrimas e quando saíram dos hospitais, viram um número elevado de pessoas fora que não podiam estar ao lado dos seus familiares, porque nos hospitais não cabia tanta gente. Jordin e o seu amado Jack saíram machucados, era a primeira vez que viam uma situação do gênero, apenas ouviam muitas vezes o padre Marcelo e a madre Madalena comentarem sobre alguns assuntos críticos que o país enfrentava.

Chegaram em casa com ar de quem correu uma maratona, porque estavam psicologicamente esgotados e fisicamente, pensavam o que poderiam fazer para melhorar aquela situação que não saia das suas cabeças.

— Amor, como é possível um filho abandonar o seu próprio pai no hospital? — Disse Jordin organizando a mesa para o jantar.

— Na verdade, esta gente não sabe o que é ter um pai ou uma mãe, tudo faria para ver o sorriso da minha mãe. — Falou o Jack com um brilho nos olhos e um sorriso que ilustravam as curvas dos seus lábios.

— Verdade, meus pais foram carinhosos comigo, não lembro muito deles, mas os poucos momentos que recordo, minha mãe pegava em minha cabeça, massageava suavemente os meus cabelos e fazia-me tranças de linhas no chão frio da nossa sala, o meu pai passava o tempo todo com o rádio nos seus ouvidos para ouvir os acontecimentos da guerra. — Respondeu Jordin.

— Meu amor, esquecemos que devemos honrar os nossos pais para que os nossos dias na terra se prolonguem.

— Talvez, não queremos tanto tempo nesta terra repleto de pecados. — Concluiu Jordin.

A noite estava calma, eles inalavam reflexões e procuravam soluções para consertarem o que havia de errado, queriam resolver problemas de milhões sendo eles apenas dois.

E no dia seguinte, foram às compras no mercado de São Paulo, o dia estava ensolarado, as pessoas cruzavam-se umas com as outras, foi assim que Jack viu uma senhora que carregava consigo uma bacia inundada de produtos, era uma zungueira, que caminhava com passos lentos e gritava. — Arreiou, Arreiouuuu no meu negócio e algumas vezes, gritava; eeeieeee lambulaeee...

Jack não desviava o seu olhar firme na zungueira, até que um polícia jogou um porrete na mulher, estava com o seu bebé amarrado, largou a bacia de plástico que carregava, e todos que estavam em sua volta ouviram o grito, e gritou também o seu filho, e rapidamente a mulher desfez o pano que amarrara o miúdo, as pessoas que estavam ao lado fixaram os olhos na criança, abriu uma torneira de sangue nas narinas do miúdo e os olhos estavam fechando bem devagarinho.

— Moço, moçoooo, caralho, olha o que fizeste na criança! — Gritou a zungueira agarrada ao miúdo.

A população viu o mesmo policial correndo atrás de outra zungueira, que fazia zigue e zague nos corpos dos outros, Jack viu a criança dar os últimos suspiros e a sua mãe gritava como uma maluca.

Outra vez, Jack e a Jordin viram que estavam inseridos numa sociedade errada e bem diferente daquela que viveram. Chegando em casa, tiveram uma tarde triste, não conseguiam comer, Jack na sua oração pedira “Senhor, por favor, sei que este mundo é dominado pelo diabo, mas faz milagre, o teu povo está morrendo de uma forma brutal, ajuda a nos amarmos uns aos outros como diz a tua palavra”.

***

O tempo seguia com olhares diferentes de Jordin e Jack, que continuavam a procurar uma forma de ajudar o povo a enxergar o direito humano e a verdadeira forma de viver em união. Certo dia, foram a um restaurante, enquanto todos comiam calmamente, apareceu um maluco que gritava por todo lado do restaurante.

— Quero comer, por favor, me ajudem! E com urgência apareceu o guarda, empurrou o maluco, Jack não suportou, levantou do seu lugar, foi impedir o guarda de expulsar o maluco.

— Senhor, senhor, não é necessário fazer isto, ele também é humano, apenas está com fome.

Jack fez com que a ira do guarda aumentasse sobre o maluco, que empurrou de forma agressiva, Jack fartou-se da sua paciência, o restaurante viu uma luta, chegaram os policiais e os dois foram levados. As coisas começaram a piorar no universo de Jordin, que apenas tinha uma estrela que já não poderia brilhar nas suas noites, Jack agora se encontra preso, o seu amado que completou mais de quatro meses preso, polícias diziam que era um preso muito rebelde e que complicara o seu caso na cadeia que era muito simples de se resolver.

Certo dia, Jordin foi visitar o seu amado. — Meu amor, tenho saudades. — falou Jordin abraçando o seu amado e beijando-o, as lágrimas tiveram como destino suas bocas que provaram o amargo do momento que atravessavam.

— Meu amor, olha tudo vai ficar bem, falei com um advogado que veio aqui ter com um colega meu de cela, expliquei a minha situação, disse-me que tenho tudo para sair.

— Espero bem que sim, meu amor, as minhas noites já não são as mesmas, a cama está parecendo tão grande, mas eu oro, Deus vai ajudar. — Respondeu Jordin.

— Sim, meu amor! — Concluiu Jack.

Depois de alguns tempos, o desespero de Jack começou, já não aceitava mais ser visitado pela sua amada, segundo ele já não queria magoar o coração de sua amada, que não conseguia acreditar que o seu amado rejeitara suas visitas, começou a optar por envio de carta, mas nunca teve êxito, a solidão fez o seu amado perder a fé, começou a fazer uso de drogas, chorava todas as noites, na sua cabeça norteavam ideias loucas, já chegou a pensar que Jordin estava a traí-lo, mas nada do que pensou era verdade. Através de uma simples luta num restaurante Jack cumpriu um ano de prisão. Exagero, não é? Mas, isto mesmo, um ano, acredita em mim meu leitor, é a realidade.

Numa manhã onde as nuvens responsabilizaram-se de atrasar o clarear do sol, Jordin viu o seu amado chegando, neste dia, Jack foi o sol dela, abraçaram-se como nunca e beijaram-se durante três minutos, choraram por muito tempo.

Eles procuraram matar as saudades, mas infelizmente, Jordin percebeu que o seu amado não era o mesmo, os seus olhos já não eram castanhos, ganhou a cor encarnada, e com o evaporar do tempo, Jack já não se importava com o amor ao próximo e quando via uma situação os seus comentários e reações eram totalmente distintos e na maior parte das noites, saía em clandestina e voltava ébrio e forçava fazer amor com a sua amada.

Uma vez, voltou fora de controlo e tentou estuprar sua amada que o amava muito, foi assim que Jordin decidiu deixar o Jack, que já não era aquele homem que conheceu no orfanato, já não era o rapaz erudito, mais uma vez, ela viu o mundo retirar outra pessoa que amava, foi viver num outro bairro, mas continuou sempre uma mulher trabalhadora, aprendeu no orfanato que uma mulher não pode depender de um homem para se alimentar, começou a trabalhar numa creche, sempre gostou de cuidar dos outros, sempre que acariciava uma menina da creche, lembrava quando era criança e cuidava de sua amiga Maria que nunca a esquecera.

No seu novo bairro, conhecera uma jovem de nome Aladadi, muçulmana que adorava sentar todas as manhãs à porta. Um certo dia, acenou com o braço para cumprimentar Jordin e culminou num longo diálogo.

— Olá, tudo bem? — Falou Jordin com um olhar trêmula devido a burca preta que a jovem usava.

— Sim, estou bem obrigada. — Respondeu a jovem com uma voz inundada de obstáculo devido o pano que cobria o corpo todo.

— És nova aqui também?

— Não, já estou aqui há um ano. — Respondeu Aladadi.

— Vives sozinha?

— Sim.

— Já somos duas. — Respondeu Jordin sorrindo.

E a conversa foi flutuando, mas Jordin questionava-se porquê a sua nova amiga cobria o corpo todo com aquela roupa preta, já chegou a pensar que falar com a Aladadi era como se estivesse a falar com um desconhecido e havia vezes que lhe fizeram lembrar quando ia ao confessionário, onde não poderia enxergar o rosto, apenas ouvia a voz do padre.

A amizade de Jordin e Aladadi começou a ficar tão forte que acabaram por viver juntas, Aladadi fez com que Jordin se esquecesse por um tempo de sua amiga Maria. Numa noite, Jordin decidiu abrir o seu baú da mente para partilhar com a sua nova amiga.

— Aladadi, já amou alguém? — Perguntou Jordin.

— Amar?

— Sim.

— Eu amo alguém! - Respondeu Aladadi.

— Sério?

— Sim, chama-se "Allah".

— Onde está este Allah? E quem é ele?

Sorriu Aladadi antes de responder a sua amiga que não viu os seus dentes devido a burca que tapava a sua boca.

— Allah, está aqui conosco, é o meu salvador. — Falou Aladadi com as mãos no peito — Ele é o Deus que nos cuida! — Acrescentou.

— Então, você chama Deus de Allah, é isso?

— Sim, no meu País, somos muçulmanos, praticamos o Islã, é uma religião monoteísta centrada na vida e nos ensinamentos de profeta Maomé.

— Ok! Amiga, o que eu quero saber, é mesmo de amar um homem. — Insistia a Jordin.

Aladadi ficou silenciosa, Jordin sem saber tocou no lado que a sua amiga guardava e nunca gostou de falar para ninguém, era sobre a sua vida amorosa, mas confiava na sua nova amiga e decidiu contar.

— Jordin, amei um homem com toda minha força.

Começou Aladadi com um tom de voz que anunciava choro. As palavras de Aladadi fizeram com que a Jordin viajasse em sua mente, a fez lembrar como amava o seu amado Jack que já não via por muito tempo, e o diálogo seguia, Jordin não desviava o olhar a sua amiga, mas o que ela almejava era enxergar o rosto de sua amiga, que estava vedada com a burca, mas de tanta convivência, Jordin conhecia bem a voz de sua amiga, que tinha uma voz muito linda, parecia com a da Marta, uma das jovens do coro do Orfanato.

— No princípio, tudo era tão maravilhoso, conheci-o na universidade, fomos colegas de sala, o Seleh é muito bonito, mas nunca pensei que acabaria com a minha vida, tivemos um filho, infelizmente, morreu, nasceu com problemas no coração, foi daí que comecei a não reconhecer o Seleh, que conheci na universidade, o compreensivo e protetor, os meus pais o adoravam, independentemente disso, no meu país Paquistão, existe uma tradição chama-se SWARA, onde a mulher é vendida, estrupada ou forçada a se casar com um homem em troca de uma dívida de sua família para selar uma aliança, Jordin ficou admirada com que a sua amiga contava, enquanto conversavam, a noite assistia.

— Também foste vendida? — Perguntou Jordin.

Aladadi demorou para responder, ficou parada no tempo, chorou, mas Jordin não poderia enxergar devido as vestes que utilizava, soluçou e continuou...

— Não, felizmente, meu caso foi diferente, meus pais e os pais do Seleh eram amigos e o processo ficou mais fácil, meu pai gostava muito do Seleh por ser um jovem ambicioso e inteligente, o pai dele é muito conhecido em Islamabad, a capital do meu país. Aladadi parou de falar e ficou olhando para Jordin, respirou fundo e continuou.

— Amiga, lembro o dia em que me casei com o Seleh, foi o dia mais feliz da minha vida, fomos passar a nossa lua-de-mel em Cairo, a capital do Egito, foi a primeira vez que vim para África, estávamos loucamente apaixonados, no segundo dia, fomos ver as pirâmides e visitamos alguns pontos turísticos daquele país, mas quando regressamos ao Paquistão as coisas começaram a mudar.

Jordin viu sua amiga calando-se outra vez, Aladadi respirou fundo, chorou outra vez, enquanto lembrava os momentos felizes do seu matrimónio.

— Se quiseres parar de contar, podes parar, não faz mal. — Disse Jordin comovida com a história, mas sua amiga queria tirar tudo que tinha por dentro, continuou...

— Seleh mudou completamente, já não tinha tempo para mim, apenas para dirigir os negócios do seu pai. Certo dia, encontrou-me em casa disse que eu tinha outro namorado, não percebi o porquê, talvez porque estava ébrio, agarrou-me no cabelo e puxou-me feito um animal, não conseguia acreditar que estava a viver aquele inferno, comecei a gritar para soltar o meu cabelo, foi assim que trancou a porta principal e pegou...

Aladadi fez outra pausa, desta vez mais longa, soltou um grito, o grito do choro, desta vez com um tom mais elevado e Jordin ficara preocupada.

— O que foi amiga? — Perguntou Jordin agarrando seus braços.

Continuou a Aladadi... — Seleh pegou no ácido e jogou em todo meu corpo. — Contou Aladadi tirando uma parte da burca, a parte que cobria o seu rosto.

Jordin não acreditava, viu pela primeira vez que o rosto de sua amiga, estava totalmente danificado, a sua boca parecia estar colada com o nariz, foi um choque para quem almejava ver o rosto de uma mulher com uma voz linda.

— Meu Deus, o que é isso querida! — Admirou Jordin.

— É ácido, o homem que pensava que me amava jogou em mim, amiga, o ácido ardia muito, naquele dia, joguei-me no chão feito uma criança, gritei com todas minhas forças para ver se aparecia alguém para ajudar-me, mas infelizmente no meu país as pessoas queimadas são vistas como pessoas infiéis, e eu não fiz nada.

Fui correndo para casa dos meus pais, eles viviam ao pé de minha casa, pensei que seria socorrida, infelizmente, meu pai saiu a favor do meu marido, claro, ele adorava tanto o dinheiro, não se importava com o que se passava comigo, mas minha mãe conhecia-me melhor, levou-me ao um posto médico que ficava perto.

Passando alguns dias, minha mãe foi ter comigo em minha casa e questionou-me; porquê o Seleh queimou-me, expliquei que na noite anterior antes de jogar-me ácido, disse-me que estava parecer uma mulher do ocidente, não entendi o porquê, até porque uso burca e as mulheres do ocidente dificilmente usam as burcas, exceto as muçulmanas e julgava que comportava-me como elas e simplesmente foi por esta razão.

Jordin ficou chocada com o que ouvira e ouvia.

— E não denunciaste o Seleh?

— Não, a polícia nada faz para contrariar o feito, no meu país, a maioria das mulheres são queimadas pelos seus próprios maridos e muitas ficam com os rostos desfigurados e para piorar, não têm dinheiro para uma cirurgia plástica. — Terminou Aladadi.

— Que triste, não sabia que Paquistão vivia esta realidade. — Falou Jordin.

Aladadi chorava inconsolavelmente, Jordin olhava para sua amiga e aquelas lágrimas a fez pensar no que passara, deu por conta que era apenas um sopro de sofrimento comparando com o que Aladadi passou.

— Não fiques assim amiga, o pior já passou. — Consolou Jordin passando as mãos no rosto desfigurado de Aladadi.

A noite ficou marcada com aquela conversa triste, Aladadi depois de desabafar tudo, caiu num sono profundo diferente de Jordin que não conseguia dormir. No dia seguinte, Jordin viu sua amiga vedando o seu rosto outra vez, sabia que a burca fazia com que ela se sentisse incluída numa sociedade, o dia ensolarado, viu ambas caminharem até a marginal de Luanda apreciando o mar por perto.

— Amiga, sei que não queres falar outra vez do que falamos ontem, mas estou com algumas dúvidas. — Falou Jordin colocando os seus braços no ombro de Aladadi.

— Podes dizer! — Respondeu Aladadi. — Como vieste parar em Angola? — Perguntou Jordin.

— Eu vim para Angola quando decidi fugir do Seleh e dos meus pais, voltei para o Egito, a única coisa que queria ver eram as pirâmides, lembravam-me, o meu momento de alegria, que vive, mas depois de alguns dias, pensei que o Seleh viria atrás de mim, pensei ir num país que ele desconhecia, por isso, escolhi Angola.

— Percebo, estás a gostar de cá estar?

— Sim, Angola é um país lindo e do pouco que pude ver, o povo é bastante acolhedor, batalhador e a cidade de Luanda é multicultural e muito linda. E você gosta do teu país?

— Claro, eu amo Angola, não conheço outro país, embora, gostaria de conhecer Itália, o Padre Marcelo falava muito de Roma, e a conversa continuou a balouçar de um lado ao outro como os ventos que fizera na marginal de Luanda, ambas voltaram em casa abraçadas, o caminho todo falavam de lugares que gostariam de conhecer.

Chegando em casa, Aladadi fez um jantar especial, cozinhou algo especial, no seu país é feito quando se recebe em casa um convidado de alta importância.

— Hum, hum... que cheiro, amiga. — Falou Jordin saindo do banheiro.

— Hoje, jantaremos uma comida muito consumida no meu país, chama-se Nihari. — Falou Aladadi.

A noite estava fria como as mentes daquelas jovens, uma era a força da outra até que a Aladadi aqueceu a noite.

— Jordin, a noite passada, me perguntaste se amei alguém, hoje, quero saber se já amou alguém? — Perguntou.

Jordin respirou fundo e o seu semblante mudara com a pergunta que lhe foi feita, mas decidiu dizer o que carregava em seu coração.

— Bem, não sei se ainda o amo, mas conheci um rapaz de nome Jack, cresceu lá no orfanato, é muito carinhoso e muito humano, sofria com o sofrimento dos outros, entendia-me com um simples olhar até que a desgraça entrou nas nossas vidas, foi preso por lutar com um segurança de um restaurante e ficou muito tempo na prisão e quando saiu já não era o mesmo.

Voltou agressivo, incompreensível, gostava de fazer tudo a força, não respeitava opiniões dos outros, foi assim que um certo dia, resolvi afastar-se dele.

— Então, somos duas jovens que resolveram afastar-se das pessoas que amam! — Falou Aladadi com ar de tristeza, Jordin acenou com a cabeça para concordar com que a sua amiga dissera.

— Pensei que nunca chegaria neste estado, o Seleh era o ar que eu inalava, mas como dizem nem sempre o que queremos é o que acontece, Jordin voltou a acenar com a cabeça enquanto comia, e a conversa corria com cada decepção que uma dissera para outra.

Outro dia, Jordin e a sua amiga procuraram fazer algo diferente, foram caminhando pelas ruas de Luanda, viram muitas crianças abandonadas e muitas delas com idades compreendidas entre seis a doze anos, aquilo mexeu com os seus corações, e principalmente com Aladadi que perdera seu filho alguns anos, Jordin não acreditava o que vira, era um número muito elevado de crianças a mendigarem nas ruas de Luanda, os olhares inocentes fizeram com que elas se sentissem obrigadas a fazerem alguma coisa para mudar aquela triste realidade.

As horas corriam com os olhares encarnados que as crianças famintas davam, eram como se dissessem, por favor, levem-nos convosco, não comemos o suficiente, as águas das chuvas caem em nossos corpos franzinos.

Depois de um passeio longo, Jordin e a Aladadi conheceram alguns musseques da capital do país, Luanda, conheceram Sambizanga, Cazenga, Cacuaco e Viana, depararam-se com situações tristes, chegando em casa, resolveram fazer alguma coisa e pensaram.

— Amiga, não sabia que existe tanta gente vivendo nas ruas, pensei que os órfãos e outros necessitados vivessem num orfanato como aconteceu comigo, mas vejo que não. — Falou Jordin.

— Sim, é verdade! Há tanta gente maluca andando sem saber por onde vai, isso é um perigo, o governo deveria pelo menos se preocupar em recolhê-los e interná-los numa psiquiatria, onde possam ser tratados. — Falou Aladadi.

Jordin acenou com a cabeça para concordar o que sua amiga dissera.

— Amiga, não consigo esquecer aquela menina que vimos no Sambizanga que estava sentada num banco vendendo, na sua idade é para estar numa escola, mas, infelizmente, contou-me que está a lutar pela sua sobrevivência, sua mãe tornou-se uma alcoólatra depois da morte do seu pai. — Contou Aladadi com uma voz que enunciava choro.

— Eu também não paro de pensar nela e no rapaz da cadeira de rodas, que estava na beira da estrada da paragem da vila de Viana pedindo esmola. — Respondeu Jordin.

— Enquanto voltávamos para casa fiquei a pensar, podemos fazer alguma coisa, estou pensando em pedirmos ajuda em algumas empresas para criarmos uma organização filantrópica na área da saúde e educação. — Falou Aladadi.

— Isso mesmo que faremos, quero muito ajudar aquelas crianças e mais pessoas que necessitam da nossa ajuda e sei que o nosso Deus vai abençoar, vamos precisar construir um lugar onde dormirão tranquilos, e possam alimentar-se melhor, eu posso ser professora de inglês, francês e matemática.

— Eu posso ensinar costurar e doutrinas religiosas! — Falou Jordin com um olhar de quem tem a solução nas mãos.

Depois de uma caminhada longa, ambas viram estrelas brilhando em suas mentes como as estrelas que brilhavam naquela noite, Jordin, desta vez, fez o jantar, cozinhou arroz, feijão e peixe frito.

No dia seguinte, ambas foram para algumas empresas apresentando a proposta; infelizmente, muitas empresas não foram de acordo, e chegaram a perder a esperança naquilo que s fizesse sentir melhor, mas não desistiram no primeiro dia, continuaram com a busca de apoios, anunciaram em algumas rádios, enviaram correios para algumas empresas e esperaram pelas respostas.

Chegaram a enviar vários correios e, nos correios enviados, infelizmente, as respostas foram negativas, foi assim que decidiram procurar empregos para criarem as organizações independentes. Jordin além de trabalhar na creche, começou a trabalhar em um hospital que ficava na Maianga, e Aladadi conseguira uma vaga numa instituição que ficava perto do primeiro de Maio.

O tempo corria com as esperanças de Jordin e Aladadi que com o passar do tempo construíram uma pequena casa de três quartos onde conseguiram colocar alguns meninos que dormiam no mercado do São Paulo e aos fim-de-semana, Jordin ensinava às crianças doutrinas religiosas e costura, Aladadi ensinava inglês, matemática e francês de segunda a sexta, no período da tarde, quando saia do trabalho.

***

Passando alguns meses, a casa já contava com dez meninos, Jordin e Aladadi, tudo faziam para garantir o bem-estar deles. O coração de Jordin e Aladadi começara a ficar tranquilo com o primeiro passo dado, mas o objetivo era construir uma casa maior para albergar mais ou menos oitenta crianças.

O presente estava tão precioso na vida de Jordin e Aladadi, que se sentiam completas em ajudar o próximo, e por um instante se esqueceram dos seus passados que apenas as deixava inseguras. Jordin, cujo mundo começou a sorrir, foi promovida no hospital que trabalhava, saiu da área de recepção para assistente do Recursos Humanos e seu salário aumentou, foi assim que resolveram alterar um pouco a casa filantrópica que tinha o nome "House of Hope" nome atribuído pela Aladadi que significa "Casa de Esperança".

A esperança era tanta que Jordin mandou construir um pequeno pátio. Como dizem por aí, a alegria do pobre não dura tanto, num dia ensolarado, Jordin saiu cedo do serviço, chegou em casa e sua companheira não estava em casa, tinha ido dar aula para os meninos. Foi quando ouviu um estrondo pela janela.

— Amiga, pode empurrar a porta, está aberta! — Autorizou Jordin sentada no cadeirão fazendo algumas contas do hospital que trabalhava. Sentiu o chão tremendo de forma diferente, desconfiara que não eram passos de Aladadi, girou o seu pescoço para enxergar quem era, viu um homem alto com um casaco preto e uma calça e um ténis preto sujo e os seus olhos encarnados, era o Jack que chegou ébrio, finalmente, descobriu a nova morada de Jordin; ela assustada, jogou os papéis no chão, fez barulho como palminhas de crianças, correu para o quarto, tentou fechar a porta, mas infelizmente, ele foi mais veloz, agarrou-a no cabelo.

— Pensaste que te livrarias de mim tão fácil sua maluca! — Falou Jack espumando pelos cantos da boca como um cão raivoso.

Jordin não disse nada, apenas o enxergava com tanto medo que não gritou, o olhar de Jack era intimador e fez com que ela calasse.

— Já sei que tens dinheirinho e que és a bandida deste bairro, agora, mostrar-te-ei o que é brincar. — Falou Jack arrastando-a para sala.

Jordin gritou para ver se a soltava, Jack levou a sua mão pesada na cara macia de Jordin que mordeu em seus braços para ver se a soltasse, sem sucesso, foi assim que o nervoso de Jack aumentou, resolveu levá-la até a cozinha.

— Vou acabar com a tua raça, puta de merda! — Falou Jack enfurecido.

Chegando à cozinha, pegou numa faca e passou no rosto de Jordin que escorrera sangue e fez do chão da cozinha um mar vermelho.

Jordin tentava mexer-se como uma vaca num matadouro, mas não teve êxito, porque o seu amado Jack estava possuído de raiva, não soltava o seu cabelo, cada vez que se mexia, desfigurava o seu rosto, quando parou de mexer-se, Jack soltou os seus braços, deixou-a deitada no chão. Passaram algumas horas, quando Aladadi chegou em casa, achou estranho, a janela e a porta estavam abertas, marcou passos lentos, foi assim que viu a porta do quarto aberta, girou em sua volta, viu papeis no chão.

— Jordin, Jordin... — Gritou Aladadi trêmula e marcava passos lentos em destino à cozinha, viu sua amiga estendida no chão repleta de sangue.

— Não, Nãoooo... — Gritou correndo pedindo ajuda, foi assim que alguns vizinhos vieram ajudá-la a carregar a sua amiga que desmaiou de tanto sangue perdido, levaram-na num centro médico que ficava próximo da residência.

— Doutor, como está a Jordin? — Perguntou Aladadi desesperada com as mãos a cabeça.

— Ela tem que ser levada para um hospital maior, perdeu muito sangue e necessita alguns balões de sangue para repor e vai precisar de uma cirurgia. — Disse o Doutor.

Aladadi fez o que o doutor dissera, chegaram no hospital Américo Boa Vida, Jordin foi recebida de emergência e entrou na sala de atendimento, onde demorou sete horas, só assim Aladadi viu um doutor.

— Moça, fizemos tudo para ajudar a sua amiga, mas quero dizer que se encontra numa situação muito delicada. Dentro de algumas horas, veremos como vai reagir. — Disse o Doutor.

Aladadi não acreditava no que estava a acontecer, se perguntava quem foi capaz de fazer aquilo a uma pessoa tão bondosa como a sua amiga. O tempo passava com a angústia, que a Aladadi sentia, estava desesperada com vontade de ver sua amiga, ouviu passos lentos aproximarem-se. Era uma médica.

— Boa noite, moça, já podes ver a sua amiga. — Disse a médica.

— Obrigada pelo aviso. — Agradeceu Aladadi.

Aladadi foi para sala onde estava a sua amiga, marcou passos trémulos, em sua mente correram pensamentos pessimistas e por um instante se esqueceu dos milagres de Allah (Deus). Abriu a porta, enxergou a sua querida amiga numa cama com tantos aparelhos ligados, e viu o seu rosto coberto devido os ferimentos que sofrera, ficou admirada, não acreditou que era a sua amiga, levou as mãos à boca e as lágrimas caíam bem devagarinho.

Aproximou-se da cama, não conseguia acreditar que aquela menina cheia de vida era a que estava naquela cama.

— Amiga, por favor, não me deixe, o meu mundo ganhou cor desde que nos conhecemos, as crianças amam-te muito, não morra, temos objetivos para concluir. — Disse Aladadi segurando as mãos de sua amiga.

— Sei que o meu Deus fará milagres e voltarás ao normal, e descobriremos quem foi a pessoa que fez isso contigo. — Falou colocando a sua cabeça no peito de Jordin.

***

O tempo escorregava com o silêncio de Jordin e a sua amiga que continuava a fazer as visitas diárias quando saia do trabalho, e passou apenas a dar aulas às crianças aos fins de semanas, a recuperação de Jordin era muito lenta, os médicos faziam de tudo para recuperá-la. Passou três meses, a primeira surpresa na sua recuperação, foi abertura dos seus olhos, neste dia, Aladadi ficara muito feliz, falou tudo para sua amiga, que apenas ouvia, mas nada falava ainda. Numa manhã chuvosa, Jordin viu a sua mente começando a funcionar, lembrara do rosto do seu amado Jack, chorava inconsolavelmente, foi assim que o Doutor Pedro, o cirurgião, entrou na sala para vê-la.

— Bom dia jovem, como estás? — Perguntou o jovem doutor.

— Bom dia, senhor doutor. — Respondeu Jordin limpando as lágrimas para o doutor não perceber que morria por dentro.

— Doutor, por que que estou com o rosto vedado?

— Bem, sofreste um ferimento grave no rosto e foi necessário cobrir o teu rosto, mas daqui a uma semana iremos retirar.

— Lembras quem fez isso? — Perguntou o doutor que tinha um corpo atlético e olhos castanhos iguais aos de quem decidiu acabar com a vida de Jordin.

Ela parou no tempo e lembrou de tudo que acontecera, mas decidiu mentir ao jovem doutor, tinha vergonha de dizer que foi o seu ex namorado.

— Foi um acidente! — Mentiu Jordin.

O doutor continuou analisando Jordin para verificar os ferimentos, sabia que a próxima semana tem de retirar os adesivos no rosto e Jordin olhava para o doutor fixamente sem desviar o olhar, e os seus pensamentos o perturbavam, chegou a pensar que seria melhor ter um homem carinhoso e respeitoso como o doutor Pedro, passou algumas horas, Jordin estava sozinha na sala, a curiosidade tomou conta dela, queria tirar os adesivos ao seu rosto para ver como estava o seu rosto, desceu da cama, viu em sua volta uma mesinha que tinha uma tigela de alumínio, que dava para refletir o rosto, enquanto chegava próximo da tigela os seus passos ficaram trêmulos e os lábios também tremiam, sua mente temia ver a realidade, retirou da tigela alguns matérias para levantar e observar, foi assim que ouviu vozes nos corredores, jogou-se na cama para fingir que nada se passava, Jordin viu entrar sua querida amiga Aladadi com as crianças do orfanato, correram todas ao encontro de Jordin que parecia uma múmia, mas uma múmia feliz, Aladadi ficou presa na porta sorrindo, viu sua amiga sorrindo e abraçando as crianças.

— Professora, o que tens na cara? — Perguntou uma das crianças.

— É apenas uma feridinha, passará em breve e estaremos juntos, e como vão as aulas? Estão a estudar para prova?

— Sim. — Responderam em uníssono.

E a tarde de Jordin mudara completamente, na verdade, morria de saudade das crianças com elas sentia-se uma mãe que renovara as suas forças com a presença dos filhos que a abraçavam como nunca, e Aladadi apreciava tudo com os olhos inundados de lágrimas de alegria.

Os dias corriam com a esperança de Aladadi, que queria ver a sua amiga de volta à casa, chegou finalmente o dia, que Jordin tiraria o adesivo de sua cara, viu o doutor Pedro entrando na sala com uma prancheta.

— Bom dia, para a paciente mais linda do hospital! — Falou o doutor olhando para Jordin que estava ansiosa.

— Bom dia, senhor doutor! — Respondeu.

— Vou retirar o adesivo para vermos como está o seu rosto! Jordin estava trémula sua respiração mudara devido a ansiedade.

— Jordin, o que se passa? Relaxa, ficarás bem. — Falou o doutor retirando o adesivo.

Terminando de retirar os adesivos, o doutor pediu que Jordin olhasse ao espelho que tirou do bolso esquerdo da bata. Ela pegou o espelho, viu a sua beleza no chão.

— Meu Deus! Doutor, o que é isso? — Gritou espantada com a sua nova aparência, largou o espelho, chorou inconsolavelmente.

— Calma! Jordin é apenas a primeira fase. — Falou o doutor tentando minimizar a dor.

Jordin não conseguia voltar a ver o seu rosto, estava com uma cicatriz tão grande que parecia protagonista de um filme de terror, levou as mãos ao rosto e chorava desesperadamente, sua amiga Aladadi entrou na sala, viu Jordin cobrindo o rosto.

— Amiga, o que foi? — Perguntou Aladadi.

Jordin aumentara os gritos depois de ouvir a voz de sua amiga, tirou as mãos do rosto e olhou para sua amiga que estava admirada com o novo rosto de Jordin, abraçou-a fortemente, sabia que não era fácil viver com uma cicatriz no rosto, lembrou o dia que foi queimada pelo seu amado Seleh que nunca mais viu.

— Amiga, calma! Tudo vai ficar bem! — Tranquilizou Aladadi beijando a cabeça de sua amiga, tentando acalmá-la, mas não teve êxito.

Jordin depois de uma semana, recebeu alta, estava de volta a casa, olhava fixamente nas paredes e caminhava lentamente para cozinha, ainda estava com medo de encontrar novamente o seu amado Jack, que acabara com a sua beleza e, agora, Jordin cobre o seu rosto com pano para não ser vista por outras pessoas, morria de vergonha. Certo dia, sentou na porta de sua casa, uma criança passara, entreolharam-se, a criança correu gritando de tanto medo, Jordin virou um monstro para as crianças, deixou de dar aula e trabalhar, não queria voltar a sair à rua daquele jeito.

O tempo continuara correndo sem ver o rosto de Jordin, um certo dia, enquanto jantavam disse para sua amiga Aladadi. — Amiga, estou com saudades de sair, sentir o sol na minha pele, e ver as pessoas caminhando. — Confessou.

— Sei perfeitamente o que estás a sentir, o mesmo senti, mas a burca ajudou-me a cobrir o meu rosto.

— Estou cansada de usar pano para cobrir o meu rosto e as pessoas não param de olhar para mim, e para piorar as crianças consideram-me um monstro. — Desabafou Jordin.

— Se quiseres, podes usar também uma burca. Arranjo uma para ti?

— Eu penso que esta veste é uma roupa muito própria, cultural e respeitada pelos muçulmanos. — Respondeu.

— Jordin, acreditamos que Deus é único e devemos adorá-lo e uma mulher tem a obrigação de cobrir todo corpo e vestir-se decentemente perante uma sociedade, o nosso livro sagrado islâmico Alcorão e os hádices e suna exigem que os homens e as mulheres vistam-se e se comportem modestamente em público.

Jordin olhara para sua amiga que tentava convencê-la para seguir o seu caminho religioso, viu nos olhos de Aladadi a firmeza de uma rocha inabalável, aceitou o convite de sua amiga para conhecer o amor de Allah e do profeta Maomé, podemos dizer que Aladadi, fez como diz apóstolo Paulo, fiz-me de tolo entre os tolos para os convencer. Aladadi fez-se de vítima para convencer a outra vítima.

O tempo foi passando, Aladadi conseguiu uma burca para sua amiga, agora, tornaram-se muçulmanas, Jordin converteu-se, sabia que teria de seguir algumas regras que são crenças em um único Deus, crença nos anjos, seres criados por Deus, crença em vários profetas enviados à humanidade dos quais Maomé é o último.

Ela tinha que deixar costumes que aprendera no orfanato com os missionários europeus, para seguir o seu novo estilo de vida, deveres dos muçulmanos; recitação e aceitação de crença (chahada), orar cinco vezes ao longo do dia (Salá, salat), observar jejum no Ramadão (Saum e Siyam). E jejum no mês do Ramadão, que é o nono mês do calendário islâmico, ter que abdicar de bebidas alcoólicas, fumar e relações sexuais, o jejum termina na celebração conhecida como Eid Ulfitr, onde agradecem a Deus, neste caso Allah pela força, foi numa desta celebração que Jordin voltou a ver o doutor Pedro que cuidou dela no hospital.

— Olá, Doutor! — Saudou Jordin vestida de uma burca que cobria o corpo todo, apenas dava para enxergar os seus olhos castanhos, doutor Pedro meio desconfiado não sabia com quem falava.

— Sim, desculpa, me conheces de algum lugar? — Perguntou o doutor olhando nos olhos de Jordin.

— Sou a Jordin, já não recordas da tua paciente! — Falou.

— Claro, lembro sim, como estás? Não sabia que rezas aqui também. — Respondeu.

— Sim, rezo aqui, comecei alguns meses atrás ao convite da minha amiga. — Falou apontando a sua amiga que estava a conversar com os outros membros.

A conversa rolava alegremente com a celebração do Ramadão, Aladadi sentiu-se muito feliz vendo sua amiga recuperando o seu estado emocional rapidamente, mas nunca procurou saber quem tentou acabar com a vida de Jordin, desconfiara do seu antigo namorado Jack, mas não queria fazer lembrar à sua amiga o momento terrível que passara.

Aladadi continuava a dar aulas para as crianças na casa que construíram e Jordin preparava-se emocionalmente para voltar a dar aulas, ela nunca mais ouviu falar do seu antigo namorado, Jack, que tentou acabar com a vida dela, mas tinha alguém que fazia com que ela se sentisse mulher outra vez, era o doutor Pedro, que vinha todas as noites ver Jordin que começara a gostar dele.

Numa manhã ensolarada, quando Jordin preparava-se a caminho da casa de caridade que construiu com a sua amiga, viu uma notícia que a deixou triste, também sabia agridoce, estava dividida nos seus sentimentos, as cadeias de comunicações anunciaram a morte de um jovem altamente perigoso que matara mais de cinco famílias em Viana; na verdade, era o Jack, o seu ex namorado, o seu coração queimou com o sol que fizera naquela manhã, não sabia se gritava de alegria ou chorava de tristeza.

Depois de Jack morrer, Jordin começou a dormir tranquilamente e as visitas do doutor Pedro ficaram mais frequentes e em sua mente começaram a germinar novas esperanças. Diferente de Aladadi, que o seu mundo se tornara pequeno, descobriu que o seu ex-marido Seleh estava na África. Resolveu fugir sem dizer nada para a sua amiga que a amava muito. Novamente, Jordin voltou a perder uma amiga, ficou apenas com o doutor Pedro, que cuidava dela e das crianças.

***

Os tempos corriam com as buscas incansáveis de Jordin, que morria de saudade de sua amiga Aladadi, que deixou o seu coração vazio, procurou em todos os lugares, deixou anúncios em rádios, jornais e televisões, mas não teve êxitos, doutor Pedro tornou-se o professor substituto para as crianças que morriam de saudade de Aladadi.

Jordin não parou de frequentar a igreja e continuava com os jejuns, meditações e as suas crenças em Allah, para trazer de regresso a sua querida amiga. Doutor Pedro com a sua grande atenção, conseguiu conquistar o coração de Jordin que há muito tempo sofria com a mágoa deixada pelo seu ex-namorado Jack, mas o doutor Pedro tudo fez para consertar o coração de Jordin, que necessitava bater para outra pessoa.

O namoro corria com a velocidade que ninguém conseguia parar, estavam tão apaixonados, sonharam ter vários filhos, e o doutor prometeu a Jordin curar o seu rosto, mas com ou sem a burca, ele amava fortemente Jordin, mas sentiu-se obrigado a repor a autoestima a sua amada, foi assim, que começou a juntar o seu salário de forma clandestina para que sua namorada não desconfiasse de nada.

A saudade e a solidão eram companheiras de Jordin até que um certo dia, doutor Pedro decidiu viver ao seu lado; ambos, todas as noites planificavam como dar avanço a casa de caridade, que estava se tornar pequena, alguns meses atrás, Jordin e o seu amado doutor Pedro trouxeram mais dez crianças, que viviam nas ruas do Sambizanga. Jordin sentia-se maravilhada em ajudar o próximo e o doutor Pedro almejava o mesmo, com algumas economias que Jordin tinha, conseguiram alargar um pouco o lugar onde viviam as crianças, construíram um centro médico para ajudar as pessoas com epidemias, sem nenhum valor monetário em troca, doutor Pedro ficava feliz ajudando pessoas da comunidade.

***

O tempo foi passando, a casa de caridade começou a ganhar destaque, vieram pessoas de vários pontos de Luanda, Jordin viu uma grande oportunidade com aderência obtida e pensou em voltar a pedir ajuda em algumas empresas, mas rejeitaram; uma, duas e três vezes, preferiam apoiar eventos musicais e outros, mas Jordin não parou, foi à procura de trabalho, pensou que seria fácil encontrar como nas últimas vezes, mas desta vez foi diferente, foi negada porque vestia uma burca e alguns proprietários julgavam que não estava vestida de forma ideal para obter trabalho, na verdade, a realidade muçulmana para o seu país, Angola, ainda era uma coisa bastante estranha, mas Jordin permaneceu com a sua fé inabalável como da sua amiga Aladadi, que lhe mostrou o caminho de Allah.

***

O tempo foi passando, Jordin continuou colocando as crianças de rua na casa de caridade, e lhes ensinava tudo que uma criança poderia aprender, levava-os para conhecer a cidade de Luanda e começou a criar alguns festivais para angariar alguns donativos. Certo dia, seu amado doutor Pedro chegou sorridente em casa, sabia que o mundo de Jordin mudara com a surpresa.

— Amor, amor... — Gritou doutor Pedro correndo para o quarto onde estava Jordin.

— Sim. — Respondeu Jordin com a bíblia (alcorão) em sua mão sentada na cama.

— Consegui, conseguiii. — Gritou doutor Pedro emocionado.

— Não estou a entender, o que conseguiste, meu amor?

O doutor não conseguia dizer, apenas beijou-a na testa que estava vedada com a burca preta. — Amor, já faz tempo que estou guardando todo o meu salário para curar o seu rosto para voltares ao normal.

Jordin acenou com a cabeça para dizer que lembrara da promessa, continuou o doutor.

— Sim, falei com o doutor Agostinho Sebastião, conhecido como o melhor cirurgião do Brasil para fazer-te uma cirurgia. Hoje, ele respondeu à minha mensagem, disse que está cá em Angola, ficará por cinco meses trabalhando numa clínica e amanhã vai poder te atender.

Jordin não acreditava no que estava a ouvir, pulou de alegria, abraçou o seu amado.

— Obrigado Allah (Deus). — Gritou Jordin.

Uma nova página na vida de Jordin começou, no dia seguinte, foi à clínica na companhia do seu amado para dar início ao processo da cirurgia, Jordin ficou um mês na clínica localizada na ilha de Luanda.

***

Voava o tempo, Aladadi chegou à Inglaterra, começou a sentir-se tranquila, sabia que o seu amado Seleh não tinha noção de onde estava, ela escolheu a cidade de Manchester para ficar tranquila longe do seu amado. Ficou maravilhada quando percebeu que poderia comunicar-se com facilidade, na verdade, na Inglaterra a língua oficial é inglês e no seu país, o Paquistão, fala-se também inglês, além do Urdu, e outras línguas nacionais, o seu País faz fronteira com a Índia, e é o sexto país mais populoso do mundo.

Aladadi foi viver em Norther Quarter, porque ficou hospedada em High Street Townhouse, que foi construído em 1897 por Wilson Bothamley, na verdade, o edifício era originalmente uma chapelaria, agora, transformada num apart-hotel boutique de dezanove apartamentos.

Enquanto ia de táxi para o lugar em que estava hospedada, olhava pela janela do carro a beleza da cidade; mesmo assim, não se esqueceu de sua amiga Jordin que ficara em Luanda, que naquele exato momento, encontrava-se numa cama de hospital para ver o seu terror chegando ao fim, diferente de Aladadi, que começara um novo episódio, os pensamentos fizeram com que Aladadi se esquecera que estava dentro de um táxi até que o motorista interrompeu.

— Lady, we arrived. — falou o motorista. "*Senhora, chegamos*, em inglês, o motorista carregava um sotaque escocês. — Thanks! "*Obrigado*". — Agradeceu Aladadi com as suas malas nas mãos e sentiu a necessidade de pousar devido ao peso.

Já na porta do edifício, olhou em sua volta, viu a população com vestiário muito diferente do que viu em Angola, chegou a pensar que a causa da diferença está no clima.

Caminhou de forma lenta em direção à porta onde estava um senhor com uma barriga saliente, era o segurança que acenou desejando-lhe "Welcome", Aladadi agradeceu, entrou, viu no hotel decorações incríveis, foi imediatamente a recepção onde a jovem que a atendia estava admirada, foi a primeira vez que viu uma cliente com burca, Aladadi percebeu, não era a primeira vez que lhe aconteceu, fez a questão de acelerar o processo de pagamento e foi logo no quarto que lhe foi indicado.

Já no quarto, sentiu a necessidade de desvendar o seu rosto, o dia estava ensolarado jogou a mala na cama, e aproveitou para familiarizar-se com a sua nova morada, caminhava lentamente, acariciou o sofá que estava perto da porta, sentiu uma tranquilidade e as horas corriam como água que escorria no corpo de Aladadi que estava a tomar um banho.

Saindo do banheiro, chegou próximo da janela que dava para enxergar quem passava pela parte de fora, viu três jovens que também usavam burca, apeteceu-lhe gritar e dizer também que é muçulmana, mas estavam distante e se calhar não ouviriam, pensou Aladadi enxugando as gotas de água em seu corpo, pegou a sua burca que estava em cima da cama, colocou-a e começou a arrumar as suas roupas no armário que ficava ao lado de uma mesinha que estava decorada com livros de literatura inglesa, ilustravam nomes como; J.K. ROWNLING, SHEAKESPEARE e outros poderosos da literatura inglesa.

Aladadi terminou de colocar as suas roupas no armário e desceu no lugar de lazer do hotel, mas a sua mente não lhe deixara em paz, teve a ideia de ligar para sua querida amiga Jordin que ficou em Angola, na verdade, tinha bastante saudade que até a fez lembrar a simplicidade e a reciprocidade de sua amiga.

Aladadi chegou no Bar do hotel, girou a cabeça e reparou que era a única mulher no local, que estava repleto de senhores que, na sua maioria, desfrutavam a vida com sorrisos largos e conversavam intensamente e pareceu que naquele dia todos estavam felizes, mas logo percebeu que a sua observação foi precipitada, porque viu no fundo do bar um senhor com os olhos colados no computador e quando ela o olhava, o senhor fazia o mesmo. Pareceu que rolou uma química inexplicável e, depois de passarem alguns minutos, o senhor teve a coragem de chegar próximo.

— Olá, tudo bem? — Falou o Senhor que olhava nos olhos de Aladadi.

— Sim, estou bem. — Respondeu Aladadi meio atrapalhada.

— O que estás a beber?

— Café! — Respondeu Aladadi com um ar de quem necessita de uma companhia.

— Algumas vezes, sou meio egoísta, fico sentado aí e deixo as pessoas sozinhas, sabendo que posso partilhar tantas coisas com os outros. — Falou o senhor com um olhar de conquistador.

— E como se chama o senhor que quer partilhar as suas coisas com os outros?

— Prazer, sou o Michael. — Falou esticando a sua mão para encontro da mão de Aladadi.

— Prazer é todo meu! Eu sou a Aladadi.

— Uau! Que nome tão lindo!

— Obrigada!

Michael foi pegar as suas coisas e veio sentar ao lado de Aladadi. Na verdade, ele estava tão curioso para ver o rosto de Aladadi que estava coberto com a burca.

— O que estás a fazer no computador?

— Estou a terminar de escrever um romance! — respondeu Michael olhando sempre nos olhos de Aladadi que começara ficar sem jeito.

— Sério?

— Sim, sou escritor, tenho um livro publicado e acho que chegou o momento de lançar o segundo livro.

— Parabéns!

— Obrigado, gostas de ler?

— Sim, eu amo ler, recordo que fui a melhor aluna na Universidade de Karachi, na faculdade de Letras, adoro literatura inglesa e norte Americana.

— Que bom! Universidade de Karachi? - Perguntou Michael tentando adivinhar onde fica, foi assim que a Aladadi o ajudou.

— Sim, fica no Paquistão, eu sou paquistanesa.

— Ótimo! É a primeira vez que falo com alguém que viveu na Ásia.

— Prazer é todo meu!

— Ainda ontem pude saber que aqui na Inglaterra encontra-se um milhão de paquistaneses.

O que o Michael acabara de dizer mexeu com as ideias de Aladadi que ficou com medo, chegou a pensar que um dos seus familiares ou de Seleh pudessem vê-la e dizer onde se encontrava.

— O que foi? - Perguntou Michael.

— Nada não. — Respondeu Aladadi invadida pelos seus pensamentos.

— É possível, antes de sair do meu país, soube que mais de um milhão de paquistaneses estão também nos Estados Unidos da América. — Falou Aladadi.

— Mas, por que que as pessoas do seu país imigram tanto?

— Olha, Michael, o meu país enfrenta tantos problemas sociopolítico, imagina que as mulheres não têm nem se quer voz de dizer o que pensam sobre os nossos maridos, eles são praticamente os nossos proprietários.

— Sério? — Sim, infelizmente! — Respondeu Aladadi com ar de quem está cansada de ser porta-voz desta triste realidade, e a conversa continuou com os sorrisos dos outros senhores que estavam por perto e de repente o telefone de Michael tocou, ele levantou-se, deu passos lentos enquanto falava ao telefone, e Aladadi começou a olhar de forma firme, parece que desta vez voltou a se apaixonar sem nenhuma influência dos seus pais como aconteceu com o Seleh, em que os seus pais foram muito influentes para ficar com o seu antigo amado, que neste momento está a sua procura em Luanda. Enquanto, o Michael falava no telefone, olhava sempre para trás, onde estava sentada Aladadi e muitas vezes encontravam o olhar e um procurava disfarçar, quando Michael terminou de telefonar, aproximou-se de sua nova amiga que continuara tomando o seu café.

— Desculpa!

— Não faz mal.

— Olha, estou adorando a sua companhia, mas infelizmente tenho mesmo de ir, esta ligação que recebi é de uma editora muito importante deste país, acho, que agora publicarei o meu segundo livro, na melhor editora do país.

— Uau! Fico muito feliz Michael. — Falou Aladadi com um sorriso largo onde era impossível ver o seu rosto devido à burca.

— Olha, estou hospedado aqui, e ainda vou ficar mais ou menos dois meses estou a trabalhar numa pesquisa por aqui, na verdade, vivo em Londres.

— Ok! Eu cheguei hoje, mas não sei por quanto tempo vou ficar aqui!

— Então, acho que nos veremos sempre e tomaremos sempre o pequeno-almoço! — Michael despediu-se de sua nova amiga e continuou a caminhar com passos firmes, Aladadi ficou parada no tempo, embriagou-se com o charme do seu amigo escritor.

***

O tempo passara, Aladadi voltou ao seu quarto, foi novamente em direção à janela ficou olhando fixamente as pessoas que passavam, o dia se ocupava em terminar com um lindo pôr-do-sol que ajudou a lembrar enquanto caminhava na marginal de Luanda com a sua amiga Jordin, a saudade falara mais alto, fez Aladadi pegar no telefone fixo de cor branca, que estava na banca perto da cama e discou o número de casa. Enquanto o telefone chamava, ficava trêmula, a ansiedade tomara conta dela, mas infelizmente ninguém atendeu o telefone. Claro, era de se esperar, Jordin e o seu novo namorado, doutor Pedro, viviam momentos únicos, Aladadi deitou-se na cama, viu dos seus olhos se fazendo rio de lágrimas, chorou inconsolavelmente.

O dia acabava de escurecer, ela sem vontade de descer para ir jantar, resolveu fazer um pedido para jantar no quarto, a noite que seguia, as estrelas que brilhavam e a lua que estava completamente cheia fez com quem Aladadi antes de dormir desse uma olhada na janela. No dia seguinte, Aladadi planificou conhecer a cidade, foi tomar banho, enquanto a água escorria em seu corpo, pensava no seu novo amigo escritor Michael, a estrutura física e os olhos castanhos fizeram com que ela não se esquecesse facilmente dele. Quando saiu do banheiro, ouviu alguém batendo à sua porta, Aladadi estava trémula, ficou a perguntar-se quem poderia ser, antes de abrir a porta, foi logo colocar a sua querida burca, não queria que a pessoa que estava a bater, olhasse no seu rosto e visse a sua queimadura.

— Bom Dia! — Falou o senhor que bateu à porta, era um dos funcionários do hotel, na sua mão estava uma rosa acompanhada de uma carta.

— Sim, bom dia. — Respondeu Aladadi meio confusa, perguntou-se, quem poderia ter mandado aquela rosa.

— És a Aladadi? — Sim, sou! — Aqui está a tua rosa. — Concluiu o senhor.

Aladadi recebeu a rosa e fechou a porta e seguiu com dúvidas, estava muito ansiosa para saber quem foi que enviou a rosa, abriu a carta, " *Bom dia, querida Aladadi, foi muito bom conversar contigo, ontem, infelizmente, tive que deixar a conversa pela metade, então, não me perdoo se não terminarmos a conversa, e claro conhecer-te melhor, pois, eu estou à tua espera na porta do hotel, quero ser o teu guia turístico, tens apenas cinco minutos para estares pronta, mas do que isso, deves-me um jantar*".

Aladadi sorriu, sentiu o seu corpo meio estranho, em sua barriga fizera um friozinho, isso só aconteceu quando viu pela primeira vez o seu marido Seleh que neste exato momento está à sua procura em Angola. Aladadi já estava com a sua burca no corpo era a sua única veste, mas sempre teve vontade de vestir outras roupas e especialmente naquele exato momento para impressionar o Michael.

Antes de sair, cheirou a rosa, inalou um cheiro maravilhoso e enquanto inalava o cheiro, fechava os seus olhos e a sua mente trazia para si o rosto de Michael, saiu, chegou onde estava o Michael que pareceu lindíssimo diferente da outra vez. — Bom dia! — Saudou Aladadi — Sim, Bom dia! — Como estás? — Estou bem graças a Allah. — Respondeu Aladadi com um sorriso leve. — Desculpa por te fazer levantar cedo! — Não faz mal, já estava acordada.

Michael sempre que soltava uma palavra para Aladadi, olhava na pequena tela da sua burca, que cobria o corpo todo.

—E como foi ontem o seu encontro com a Editora? — Perguntou Aladadi. — Foi uma coisa maravilhosa, eles querem assinar comigo, um contrato de dois anos! — E o que disseste? — Perguntou Aladadi.

Michael ficou com semblante muito sério, parecia que negou o contrato que lhe foi feito. — Hum, hum... finalmente! Sou escritor da melhor editora da Inglaterra! — Respondeu Michael sorrindo, abraçando fortemente Aladadi que ficara surpreendida com aquele gesto do seu novo amigo, mas percebeu logo que a emoção tomou conta da situação.

Depois daquele forte abraço, Michael surpreendeu a sua amiga, foram à biblioteca John Rylands, chegaram e Aladadi não acreditava no que estava a ver, a biblioteca neste dia estava com bastante visitantes, Aladadi viu um lugar magnífico com um estilo neogótico, que transforma uma atmosfera fascinante com vitrais, estátuas e outros pormenores arquitetônicos, ficara muito impressionada quando o seu amigo lhe informara que a entrada na biblioteca é gratuita. Aladadi olhava de uma forma firme para tudo que estava na biblioteca e questionava tudo para o seu amigo Michael que a respondia com todo prazer, era um dos seus lugares favoritos sempre que vinha a Manchester.

Depois de algumas horas, Michael pediu a Aladadi que viesse para outro lugar maravilhoso, tratava-se da Shambles Square, que fica logo ao lado da catedral, um lugar com restaurante com vista para as atrações de Manchester.

Ambos chegaram, foram em direção a uma mesa. — Olá, sejam Bem-Vindos! — Rematou o garçom com um sorriso largo no rosto. — Obrigado. — Responderam com o mesmo sorriso que o jovem dera.

— O que vão querer, senhores? — Um refrigerante para mim e um prato de Roast Beef! — Ok, e a senhora o que vai querer? — Perguntou o Garçom.

— Uma garrafa de água e um prato de Roast Beef, o mesmo que o senhor!

Michael sorriu quando ouviu Aladadi a chamá-lo de senhor.

— Ok! — Concluiu o Jovem que estava com a prancheta de anotações em suas mãos. Enquanto aguardavam o que eles acabaram de solicitar, Michael aproveitou para fazer algumas perguntas a Aladadi. — Desculpa, desde ontem que estou muito curioso para saber porque usas a burca?

Aladadi ficou um pouco intimidade com a questão, levou alguns minutos para responder. — Eu sou muçulmana, na verdade, os muçulmanos são as pessoas que praticam o Islão, uma religião monoteísta centrada na vida e nos ensinamentos do profeta Maomé, e no meu país é obrigatório o uso desta veste que se chama "burca" e também no país vizinho Afeganistão.

— Sério? — Perguntou.

Continuou Aladadi depois da interrupção do seu amigo. — Sim! A burca é consequência da cultura islâmica e por isso está relacionada ao Hijab, que tem origem árabe e não se refere a uma roupa específica, mas um estilo de vestimenta e significa "Cobertura" ou "Roupa que tape" e os muçulmanos dizem que é necessário respeitar o Hijab, e sendo uma mulher muçulmana devo seguir esta lei da religião de cobrir o corpo. Mas, além desta veste existem outras mais como; Chador que apenas cobre a cabeça, Niqab muito semelhante a este que estou a usar, porém, os olhos não são cobertos, Hijab cobre apenas os cabelos e o pescoço, Shayla lenço para cobrir a cabeça, e Al-Almira cobre a cabeça e o pescoço apenas.

— Incrível a variação do uso da vossa veste. — Falou Michael, que olhava nos olhos de Aladadi como nunca.

— Com licença. — Falou o garçom, e pousou o tabuleiro que estava carregado com os pedidos solicitados.

Michael continuou com as questões, — Aladadi, na última vez, quando disseste que o seu país estava com vários problemas, quer falar um pouquinho mais sobre os tais problemas?

Aladadi parou no tempo, sabia que aquela pergunta, faria com que ela tão cedo revelasse o seu segredo, o vento batia em sua burca, a mente fez a questão de recordá-la quando contou o seu segredo a sua querida amiga Jordin, mas Aladadi sentiu-se segura ao lado de Michael e decidiu responder-lhe.

— Olha, apesar da burca fazer parte da nossa cultura religiosa, ela é meu grande refúgio, há alguns anos, fui, fui...

Aladadi hesitou na sua fala, ganhou força continuou. — Fui queimada no rosto com ácido pelo meu marido. Aladadi, parou de comer, era difícil falar daquele momento que viveu, bebeu um pouco de água, Michael, nada falara, ficou parado, apenas queria ouvi-la. Continuou... — No meu país, as mulheres não têm direito de quase nada, somos proibidas de nos apaixonar pelos homens que desejamos, ainda vivemos com hábitos e costumes tribais, praticamente, fui quase vendida à família do meu marido, que anda o tempo todo atrás de mim, estou cansada! — Concluiu Aladadi chorando.

Michael ficou muito sentido com que acabava de ouvir, perdeu a vontade de comer, sentiu a obrigação de escrever tudo que ouvira de sua amiga. Começou a escurecer, o dia perdera alegria que tivera há algumas horas, voltaram para o hotel, o Michael pediu para Aladadi terminar de contar tudo sobre ela, estava disposto a ajudar a ganhar a alegria da vida e oferecer a ela uma nova história e assim aconteceu. O tempo foi responsável para transformar aquela simples amizade em um verdadeiro amor. Aladadi, com ajuda do seu novo amor, tornou-se professora na Universidade de Cambridge e uma escritora, escreveu vários livros retratando a realidade feminina do seu país, e teve uma grande surpresa em menos de um ano, foi bestseller junto do seu amor Michael responsável por seu sucesso, que também cumpriu com a sua promessa de ajudá-la a fazer cirurgia, finalmente, Aladadi viu o seu rosto liso e melhor do que antes.

O sucesso era tanto que cumpriu o seu desejo de abrir a sua empresa de nome Alahope. A vida de Jordin e de Aladadi ganhou o brilho do sol que fizera sempre na ilha de Luanda, onde estava a Jordin acompanhada do seu amado doutor Pedro. Jordin estava totalmente curada, não sabia como agradecer o seu amado pelo feito e para aumentar a sua alegria recebeu uma ligação de um empresário. — Boa tarde, é possível falar com a senhora Jordin? — Perguntou o senhor. — Sim, senhor, falas com ela. — Respondeu Jordin. — Aqui fala o gerente da empresa Alahope a partir da

Inglaterra, estamos interessados em ajudar a vossa casa de caridade, Jordin quase viu o seu coração correndo pela rua gritando que vale apenas esperar nas promessas de Allah.

— Obrigada, senhor, pelo interesse! — Concluiu Jordin.

Foi assim que Jordin e o empresário acertaram tudo e dentro de três meses, a casa de caridade, se tornou um lugar irreconhecível, tinha tudo que um lar necessitava. Chegou o dia da inauguração e depois do apoio fornecido, Jordin e o seu amado estavam lindos, mas não poderiam inaugurar o lugar sem que a dona da empresa Alahope, que patrocinou tudo chegasse, demorou algumas horas para chegar, o lugar estava repleto de pessoas para verem como ficou o lugar, foi quando viram descer de um carro de marca Ferrari de cor vermelha, uma mulher linda que tinha uma cor igual ao do sol que fizera naquele dia.

Jordin não acreditara no que estava a ver, aproximou-se para enxergar melhor a pessoa que a ajudou realizar o seu grande sonho e viu que era sua amiga, o que a deixou sem palavras. Correu desesperadamente para abraçá-la. — Meu Deus, Aladadi? — Perguntou admirada. — Sim, minha amiga! — Respondeu Aladadi que já não usava a burca, o seu rosto ficou liso como um coração sem mágoas, ambas se abraçaram, choraram de alegria, as lágrimas inundavam as maquilagens e em seguida, entraram na nova casa filantrópica que Aladadi resolveu trocar de nome, agora conhecida como "Orfanato da Esperança".

O dia foi repleto de alegria do doutor Pedro e de Michael, que se sentiram os homens mais felizes do mundo em ajudarem a construir um dos orfanatos mais luxuoso de Angola. No fim do dia, Jordin e Aladadi aproveitaram para matar a saudade, mas Jordin continuava admirada com atual vida de Aladadi que contou como a sua vida mudou.

— Amiga, perdoa-me por tudo que fiz, tinha de ir naquele momento, recebi uma ligação a partir do Paquistão, disseram-me que o Seleh estava a minha procura para acabar comigo, porque eu ainda era a sua esposa, ele não tinha assinado o divórcio, foi assim que decidi ir para Inglaterra, e lá comecei a dar aula na universidade de Cambridge, e minha vida começou a mudar aos poucos, meu atual marido ajudou-me a fazer a operação no meu rosto, lutamos para adquirir o divórcio, conseguimos, e tudo corria bem, criei a minha empresa com abreviação do meu nome e a palavra esperança em inglês que deu Alahope. Jordin sorriu emocionada com o sucesso de sua amiga que se tornou uma mulher de sucesso e além disso, Aladadi tornou-se uma escritora famosa, escreveu vários livros a relatar a sua história que comoveu o mundo e no seu país Paquistão tornou-se best-Seller, e conseguiu livrar-se do seu ex-marido que acabou morto por acidente de viação.

Foi assim que o vento forte soprou suavemente a pele de Jordin que nunca se esqueceu de sua amiga de infância, Maria, o nome que Jordin escolheu para a sua primogênita para homenagear a amiga de infância que ela conheceu no orfanato. Jordin casou-se com o doutor Pedro, tiveram três filhos, e Aladadi voltou para o seu País junto do seu marido Michael, convertido ao Islão, o escritor famoso mundialmente, com a sua obra intitulada "Os olhos de uma Asiática", que vendeu mais de noventa milhões de exemplares e foi traduzido em mais de 70 línguas. Luanda ganhou nova cara, a capital de Angola ficou conhecida mundialmente devido ao orfanato luxuoso.

www.ingramcontent.com/pod-product-compliance
Lightning Source LLC
LaVergne TN
LVHW010114170826
845678LV00012B/2396

* 9 7 8 6 5 8 4 8 5 1 1 0 8 *